U0535425

雅 人 韵 士

钱 虹 著

宁波出版社

图书在版编目（CIP）数据

雅人韵士 / 钱虹著 . -- 宁波：宁波出版社，
2023.3
ISBN 978-7-5526-4489-0

Ⅰ.①雅… Ⅱ.①钱… Ⅲ.①散文集-中国-当代
Ⅳ.①I267

中国版本图书馆 CIP 数据核字（2021）第 256299 号

雅人韵士
YARENYUNSHI

钱　虹　著

责任编辑	陈姣姣
责任校对	虞姬颖
封面设计	马　力
出版发行	宁波出版社
	（宁波市甬江大道 1 号宁波书城 8 号楼 6 楼　邮编　315040）
网　　址	http://www.nbcbs.com
印　　刷	宁波白云印刷有限公司
开　　本	889mm×1194mm　1/32
印　　张	7.25
字　　数	170 千
版　　次	2023 年 3 月第 1 版
印　　次	2023 年 3 月第 1 次印刷
标准书号	ISBN 978-7-5526-4489-0
定　　价	76.00 元

如发现缺页或倒装，影响阅读，请与出版社联系调换　电话：0574-87248279

代　序

我从1977年高考走来

　　我对历史常常一知半解,看了美籍华文女作家李黎女士的《我的一九六八》,犹如突然打开了心灵深处尘封已久的历史抽屉。就我有限的记忆而言,最使我难以忘怀的年份应是1977。因为正是这一年,改变了我,也改变了成千上万像我这样失学十年的中国青年的命运。
　　人的一生,往往会有许多偶然。有时候,人的命运,就是因为某些偶然事件而发生改变和转折的。比如,我在求知欲最旺盛的少女时期,偏偏遇上了灾难性的"文化大革命",因此十多年与学校、书本无缘;而1978年2月28日,当我怀揣着大学录取通知书去丽娃河畔的华东师范大学报到,成为"文化大革命"结束恢复高考后的首届大学生,许久我都一直疑心自己是在梦中。这是我的两次"偶然"。每一次,都使我的命运发生了改变与转折。前者,是亿万人始料不及的席卷神州大地的一场文化浩劫,它无情地掐灭了中国青少年叩开人类文明宝藏大门的求知梦想;而后者,却像阿里巴巴用暗语打开了意想不到的藏金秘窟之门,像我一样的幸运者得到了泛舟学海、攀登书山的机遇,圆了曾经可望而不可即的大学之梦。

1966年夏天,虚报年龄早上一年学堂的我,刚读到小学六年级。我万万没想到,此一脚跨出小学校门,等到再踏进学校大门,竟会相隔整整11年的光阴,并且还是直接迈入大学门槛。1977年10月下旬的一天,报纸上、广播里突然传来了关于恢复高考的消息,这在当时,简直不亚于引爆了一颗原子弹,霎时震撼了整个中国。从车间到田头,从兵团到农场,从北大荒到海南岛,从东海之滨到天山南北,多少原本大学梦早已破灭的知识青年,仿佛"忽如一夜春风来,千树万树梨花开",人们奔走相告,欣喜若狂。听到这一消息,失学多年的我,自然也是兴奋不已。

当时我正在皖南山区的一家发电厂当汽车电工。已经11年没进过课堂的我,文化程度填的是初中毕业,可实际上自1966那个夏天之后,我就没摸过一本教科书。虽然学校也曾一度"复课闹革命",可那时我的父母被打成"走资派"关进"牛棚",每天都得战战兢兢地接受"革命群众"的各种批斗,小小年纪的我人虽进了课堂,却整天为父母的"性质问题"胆战心惊,为自己的黯淡前途忧心忡忡。而且"复课闹革命"时也不上正规的语、数、外课程,至今我还记得当时只学了一句英语:"Long live Chairman Mao(毛主席万岁)!"不久,作为知青上山下乡时,我连26个英文字母都没认全。

我上山下乡去的是位于苏北如东县海边的江苏生产建设兵团四师二十一团。三十年后,2009年冬天我与许多当年的知青结伴重返故地，欣喜地看到那里已成了深水港开发区，真正应了伟人的诗句："三十二年过去，弹指一挥间。"想起我们当年抵达这里时正值大雪过后，天寒地冻，几千名知青很快就被分到营、连、排、班，变成了农垦战士。去后不久，团里宣传股要成立一个团报道组，负责全团广播站的新闻通讯稿的采写和对外宣传报道，决定每个营抽调一名知青作为记者。冥冥之中似乎有幸运之神在眷顾我，一个偶然的机会，还不满16岁的我竟然被选上了。我挎起书包，书包里是笔记本和钢笔，白天到各连队去采访，晚上在煤油灯下赶稿。记得印象最深的是1970年4月的一天，我国的"东方红"卫星发射成功，消息传来，我倍感兴奋。那天晚上在团部收听完中央人民广播电台的播音，便立即独自一人摸着黑（连手电筒都没带）奔走在田埂上，连夜赶到各连队去传播"喜讯"。这就是当时最原始但也是最直接的传播手段。后来每每想起来都很害怕：万一遇上歹人或是掉下沟渠，那真是叫天天不应叫地地不灵。可当时就是那么毫无顾虑地胆子特别大。我担任团通讯组记者的时间不长，一年之后就按照政策调去地处皖南的上海后方基地当了工人。这一段知青岁月，虽然短暂而又艰苦，但对我而言却是难忘而又宝贵的经历。它大大地锻炼了我的胆量和自信，提高了我的写作能力与反应速度，并且培养了我不怕困难的毅力和独立思考的勇气。这是我后来报名参加1977年首届高考时才意识到的。

我进了地处皖南的上海后方基地"小三线"某发电厂后，整天与"解放"牌、"交通"牌大卡车的发电机、点火塞、电瓶、大灯小灯打交道，再也没碰过纸和笔。后来大学开始招"工农兵学员"，不是通过考试，而是通过"组织推荐"。我反正轮不上，所以也就不再做上大学的梦了。谁也想不到,就在1977年12月,中断了11年的高考,在全国各省市一个个简陋的考场内,竟然恢复了。我进了大学后才知道:那年,有570万年龄不一的考生参加了新中国成立以来唯一一次设在冬日的全国高考,那一届录取人数为27.3万;那年,印制高考试卷的纸张严重匮乏,是邓小平伯伯拍板用准备印制《毛选》第五卷的纸张解了赶印试卷的燃眉之急。

那时,由于上海后方基地各家厂报考的人数众多,路途遥远,不能赶回上海参加高考,于是后方基地与安徽省协商后做出决定:后方基地的考生一律在当地参加安徽省自行命题的高考,但不能占安徽省的报考名额。这个意思简单地说,就是后方基地的考生只能填报上海市和安徽省的大学。这也是当年的一项"特殊规定"。我心想,权当是像当年在生产建设兵团当知青记者那样"练练笔",就勇敢地报了名。考试还没开始,就要填志愿,当时上海只有两所文科大学,我就懵里懵懂填了一下:第一志愿填的是"上海师范大学('文化大革命'期间华东师范大学、上海师范学院、上海教育学院等上海师范类高校合并后的名称)中文系",第二志愿填的是"复旦大学新闻系",第三志愿填的是"复旦大学历史系",反正是瞎填。

高考那天,我清晨从山沟里坐厂车赶到贵池县城池州师范专科学校的高考考场时,手脚已冻得僵硬。我不停地搓着手,跺着脚,进了考场。第一门考试是语文。作文题目有两题,由考生任选一题。作文占70分。我选的是"从'科学有险阻,苦战能过关'谈起"。这是从叶剑英元帅的一首五言绝句中选出来的一句诗。那时粉碎了"四人帮",提倡拨乱反正,要实现周恩来总理的宏愿——在二十世纪末实现"四个现代化",科学技术的现代化正是应有之义。我当时具体写了些什么,已记不清了。另有一题是"谈谈'横眉冷对千夫指,俯首甘为孺子牛'的深刻含义",占30分。这是鲁迅先生的诗,我读过。至于怎么分析其中的"深刻含义",也全忘了。还有两题是加试题,分别是古文标点和古文翻译,各占10分。这样,语文满分为120分。我进了考场后已顾不上冻僵了的手脚,只是不停地挥笔,心想无论如何要把考卷写满。真没想到,"无心插柳柳成荫",我的语文成绩居然获得了99.5分,成为华东师范大学中文系1977级新生中语文单科的最高分。

可是,其他几门考试科目,就没语文这么幸运了。虽然我报的是文科,免考物理化学,且1977、1978级高考因历史原因而免考外语,但数学和历史地理,对根本就没摸过中学教科书的我而言,哪一门都是一道难以逾越的坎。尤其要命的是,从得知恢复高考的消息到踏进考场,只有一个多月的时间。身处皖南山沟里的我,不但找不到一本1966年前出版的中学数学、历史和地理课本,而且根本不知道该从何处入手进行系统复习。我想请探亲假回家,以便向念过高中的弟弟和他的老师求教,可是当时厂里的车辆正面临"年检",另一位汽车电工生病休养,剩我一个不但没法走,还得经常加班加点。我只好在上下班的路上"喃喃自语",把一些数学公式背得滚瓜烂熟。好不容易熬到通过了车辆"年检",我才请了十天探亲假,回家将数学和历史地理临时抱佛脚地恶补一番。所以,这两门课,我自觉考得不好。

考完高考,我对被录取不敢抱什么奢望。1978年春节,我留守皖南的厂里继续加班。谁知春节后某一天,突然接到了厂组织科的通知,说我已被华东师范大学中文系录取,是全厂唯一接到大学录取通知书的人。组织科要我尽快交接工作,赶在2月28日这天去上海的华东师范大学报到。我起先以为是搞错了：厂里与我一起参加高考的有30多人，其中不少以前念过完整高中，怎么会轮得到录取我这个初中都没念过的人？但组织科交给我的大学录取通知书上明明白白写着我的名字。离开组织科，我攥着录取通知书，一路跳着笑着，我觉得自己是世界上最幸运的那个人。

进入华东师范大学后，我就像一条欢快的小鱼，无比酣畅地游进了知识的海洋；又像一块干涸的海绵，如饥似渴地吸吮着书本里的营养。当年的华东师范大学中文系有不少国宝级的名师，如施蛰存、许杰、徐中玉、钱谷融等先生。我何其幸运，能够成为他们亲自执教的学生。在我的人生之路上，他们的人格魅力、精深学问、学术品格和高风亮节深深影响着我，他们是我进入学术圈的人生楷模。

在他们中间，许杰先生年纪最长，资格也最老，他是华东师范大学中文系建系后的首任系主任、五四时期新文学社团文学研究会会员。他是我考取华东师范大学之后最早认识的作家。入学不久，我在图书馆看到1935年上海良友图书印刷公司出版的《中国新文系大系：小说一集》，其中收有他的小说《惨雾》《赌徒吉顺》等。茅盾先生赞许他是当时"成绩最多的描写农民生活的作家"，我十分钦佩这位以表现浙东乡村悲剧见长的名作家。我研究生毕业后与他成了同一教研室的同事。不久，教研室搞活动，年近九旬的他也拄着拐杖来了。我的影夹里珍藏着教研室同人与许杰先生的唯一一张合影，弥足珍贵。作为教研室秘书，我曾数次去许先生家登门请教。

施蛰存先生被誉为一生同时开启四扇窗户——现代派小说创作的"东窗"、西方文学翻译的"西窗"、古典文学研究的"南窗"、金石碑版考据的"北窗"的学界泰斗与文学大师。我念大二时有幸成为他亲自授课的唯一一届本科生之一,那年他75岁。一学期下来,这位年龄与我们整整相差半个多世纪的老教授,在我们那届"小"学生中人缘颇佳,我们既钦佩他的知识渊博、学贯中西,更喜他的平易近人、幽默风趣,丝毫没有一丁点儿著名教授的脾气和架子。从他的言行举止中,你完全看不出这是一位曾经长期遭受人生种种磨难和不公的老人。二十世纪八十年代初我在华东师范大学毕业留校,后来有幸成为施先生的同事,多次登门拜访,与他面对面交谈。在我所认识的那些德高望重的文学前辈中,除导师钱谷融先生外,我最喜欢跟施老这位乐观、机敏、充满生命活力和生活情趣的老师用方言交谈。他操一口乡音很重的普通话,无论说话还是聊天,风趣生动,睿智幽默,妙语如珠,让人如沐春风。

钱谷融先生是我读研究生时的导师,也是教会我懂得什么是文学、怎样做人做学问的学术引路人。记得先生给我上的第一堂课就是"文学是人学"。他说,文学是人写的,文学也是写人的,文学又是写给人看的,因此,研究文学必须首先学做人,做一个文品高尚、人品磊落的人,这是人的立身之本。先生严肃地指出,他喜欢踏踏实实做学问的老实人,讨厌东钻西营搞关系的投机家,对自己的学生更是如此要求。他语重心长地说,一个人的精力总是有限的,要把主要的精力最大限度地放在做学问上,而不要放在人际关系的斡旋上,从某种意义上来说,人品比文品更要紧,人格比才学更宝贵。1957年先生写了那篇《论〈文学是人学〉》的著名理论文章,此后被批判多年,其间4次胃和十二指肠大出血,讲师一做就是38年,可他却从没有后悔过,晚年的他对我说:"因为我相信我的观点没有错。"

徐中玉先生是我进华东师范大学中文系求学时的系主任。他比以上这几位年逾九旬的老先生更为长寿。在超过百年的漫长而艰难的岁月里,他始终如一地坚守知识分子的良知与中国文论和文学的标杆,历经磨难而以民族、国家大义为重,以传承与发扬光大中国文化传统为己任,生命不息,奋斗不止;身处逆境而沉静,面临危局而敢言;兢兢业业俯首工作,甘于清贫埋首学问——这是他留给我们的精神遗产。他的一生,端端正正地写好了一个大写的"人"字,成为我们后学受用不尽的宝贵财富。

我之所以会选择文学研究为终身职业,是和徐中玉先生、钱谷融先生、施蛰存先生、许杰先生等老一辈先生们的言传身教和鼓励支持分不开的。比如我大二时发表的第一篇评论文章,其实是交给徐中玉先生的一篇课堂作业,他鼓励我拿去投稿,于是,初生牛犊不怕虎的我就投给了《上海文学》,没想到竟然发表在该刊1979年第4期上。虽然至今我已经在国内外各种刊物上发表了300多篇学术论文,但受到徐中玉先生鼓励而投稿发表第一篇文章时的激动之情仍难以忘怀。还有读研究生时,钱谷融先生为我的论文发表写推荐信的情景,至今仍历历在目。我此后的任何一点进步,都离不开他们的栽培与教诲。

从一个只学过一句英语的无知少女,到站上高校讲台主讲多门课程并指导研究生进行学术研究的大学教授,我想,发生在我身上的命运变化,也许只是一个偶然;然而,我们这一代人,对于在四十年前作出恢复高考决策的伟人邓小平伯伯的缅怀,却又是一种必然。因为,如果没有他当年的高瞻远瞩和巨大魄力,就没有千千万万1977年后踏入大学之门的中国青年的今天。可以毫不夸张地说,我们是承前启后的一代大学生,没有我们,就无法体现1977年恢复高考的意义和录取标准的公正;没有我们的"大学梦圆",中国的各行各业,尤其是教育科技文化领域"人才断层"危机就将变得"不可救药"(著名数学家吴文俊先生语)。从这个意义上来说,1977,大学梦圆,就不仅仅是"我们"的,更是中华人民共和国的,是整个中华民族的。

2018年6月1日写于上海
2020年10月修改

(原载2018年12月24日《解放日报》"朝花时文"公众号,并获华东师范大学纪念77、78级校友入学40周年主题征文特等奖,有删改)

目录

/ 辑一　同道中人 /

003　吐丝心抽须，锯齿叶剪棱
　　　——卢新华及其文学创作

012　"小说是作者的一个个梦"
　　　——我看严歌苓及其小说

025　"曲"中情意结，"恋"时人婵娟
　　　——我与张翎的文学交往

040　至情至性的人事风景
　　　——陈若曦其人及其散文

048　"放只萤火虫在心里"
　　　——我所认识的新加坡女作家尤今

057　"艺术家只能听命于美神"
　　　——旅法女作家吕大明及其散文

065 缪斯赐予的典雅与睿智
　　——我与菲律宾华文女诗人谢馨的诗缘

077 幽默是人生的"润滑剂"
　　——美华女作家吴玲瑶及其散文

091 非鱼非石,是景是灵
　　——记香港的"宋公明"彦火先生

/ 辑二　名人忆旧 /

101 那年春节,巴金给我签了名
　　——巴老辞世五周年祭

106 贾作真时真亦"贾"
　　——纪念贾植芳先生辞世一周年

110 凭一首《乡愁》
　　——忆诗人余光中先生

117 "所有的记忆都是潮湿的"
　　——我与刘以鬯先生的海上文学缘

129 "真的猛士"真性情
　　——我所知道的钱玄同

140 "一出戏救活一个剧种"
　　—— 记钱法成与昆曲《十五贯》

/ 辑三　师恩难忘 /

159 铮铮风骨,国士无双
　　—— 忆恩师徐中玉先生

169 魏晋风度,坚守"人学"
　　—— 记导师钱谷融先生

185 先生风范,山高水长
　　—— 忆施蛰存老师

203 仙风道骨,春风化雨
　　—— 忆许杰先生

210 跋

辑一 同道中人

吐丝心抽须,锯齿叶剪棱
—— 卢新华及其文学创作

卢新华是当代著名作家之一。从 1978 年发表《伤痕》以来,至今已发表、出版短篇和中长篇小说数十篇(部)、随笔集两部。其中产生较大影响的除《伤痕》外,还有《紫禁女》《伤魂》《财富如水》等。虽然其身份经历了从中国知名作家到美籍华人作家的转变,却初心不改,从《伤痕》至《伤魂》,他依旧关注着中国大地的城乡变化,以及由此带给中国人从物质到精神、从思想到观念、从道德到心理层面的冲击与嬗变。他依旧担负着反映中国现实问题的社会责任感,从未放弃中国文学"文以载道"的传统与作家"揭出病苦"的良知。

卢新华和我属于同代人:"文革"结束恢复高考后考入上海高校的首届大学生。我们有一个共同的称谓:1977 级大学生。当时,卢新华和陈思和、李辉等在上海东北角的复旦大学中文系;而我,则和有着"丽娃河作家群"美誉的赵丽宏、孙颙、王小鹰、陈丹燕等,成了上海西北角的华东师范大学中文系的同窗学友。最早知道卢新华的名字,是在 1978 年 8 月。那年上海的夏天奇热无比,6 月中旬的气温就飙升到了 37—38 摄氏度。坐在丽娃河畔的华东师范大学文史楼教室内火烧火燎似的根本无法上课。几天后,中文系宣布:本学期只考一门"中国现代文学作品选",其余课程挪到下学期再考。考完试,就早早放暑假回家了。到了 8 月中旬,由于打算申请免修下学期的"语言学概论",我就提前回到学校复习功课准备参加考试。那时已有部分同学陆续返校。有一天,一位同学手里拿了一张 8 月 11 日出版的《文汇报》,只见上面用一整版的篇幅刊登着一篇名为《伤痕》的小说,作者是复旦大学中文系一年级的卢新华。这样特殊的规格在当时以至后来都是十分罕见的。之后也只有为"四五"天安门诗歌运动平反之先声的宗福先的《于无声处》在报刊上全文刊发过。这份罕见的报纸很快就在华东师范大学学生中传阅开来,并引起了强烈共鸣与热烈讨论,间杂着激烈争辩。于是,我知道了卢新华和他的小说《伤痕》。

《伤痕》等的伦理重建

《伤痕》这篇今天看来文字技巧不无稚嫩的短篇小说,当年却给了刚从"文化大革命"的噩梦中醒来的人们以及中国文坛以极大的震撼。这种犹如高级别地震般的震撼力,是此后的中国文坛所难以想象和不可重复的。正如后来有人不无夸张地说:"当年读《伤痕》,全国人民所流的泪可以成为一条河。"《伤痕》通过自以为听党的话、立场坚定而与"叛徒"母亲决裂的女知青王晓华在"文化大革命"中的生活遭遇和命运起伏,揭示了当时普遍存在的社会问题,即如何认识和反思"文化大革命"对于中国人的伦理观念和道德秩序的破坏。"文化大革命"烙在中华民族肉体上、精神上的究竟是一道道怎样的"伤痕"?这个问题,本来属于哲学和社会学的范畴,不应由文学家来做出解答。然而,"文化大革命"刚结束就出现的"伤痕文学",其所承担的恰恰是本应由哲学家与思想家来承担的历史使命。比如,人们需要找到控诉"文化大革命"给中华民族带来灭顶之灾的突破口,《伤痕》恰恰就是这样一个突破口。它的横空出世,开启了亿万中国人内心深处一扇扇紧紧封闭的情感闸门,让他们为一个女知青及其母亲的生活遭遇和悲剧命运而潸然泪下,并且很快将亿万人的泪水化为汹涌澎湃的浪潮,成为冲破思想禁区和精神桎梏的滚滚洪流。它一扫"文化大革命"时期"假大空"式的虚假文风,为中国文学恢复直面人生的现实主义传统开了先声。

作为中国当代作家中少见的以短篇小说一举成名的青年翘楚,《伤痕》发表之后的翌年,卢新华就和我的导师钱谷融先生等一批经受了"文化大革命"之种种磨难的老作家一起,出席了第四届全国作家代表大会。作为一名在读大学生,在当时,这是何等荣耀之事。之后,他又接连写了《上帝原谅他》《晚霞》《表叔》《爱之咎》等短篇小说,继续承担着揭露和批判那场"文化大革命"的非理性与荒诞性的"道义",尤其是揭示人伦天性和亲情纽带被颠覆、割裂所造成的灾难性后果。

卢新华的《伤痕》《上帝原谅他》等作品,尽管不可避免地带有二十世纪七十年代末文学作品的政治印痕,但正是由于它们敏锐地触及并反映了中国人最为重视甚至是赖以生存的血缘关系被外力打破所带来的伦理悲剧和人性沦丧,因而成为"伤痕文学"中最动人心弦、让人潸然泪下的作品,也表明了青年作家卢新华此时"铁肩担道义,妙手著文章"的社会责任感和与鲁迅先生"揭出病苦,以引起疗救的注意"一脉相承的文艺观。

《森林之梦》不是梦

从1978年发表《伤痕》,至今已40余年。纵观卢新华的全部小说,其作品在文坛上引起较大反响的大体上可分为两个时期:一是二十世纪七十年代末至八十年代中期,以短篇小说《伤痕》《上帝原谅他》等为代表;二是进入二十一世纪以来,以中长篇小说《紫禁女》《伤魂》等为代表。而中间似乎有着跨度长达十几年的"断裂带"。这其中自然有他从《文汇报》辞职下海,继而出国留学,此后在异国他乡为生计奔波,无暇静心写作等因素。然而,不少人却忽视了卢新华在出国之前出版的一部长篇小说《森林之梦》,这是他在《伤痕》发表之后出版的第一部长篇小说,其重要性在卢新华的创作生涯中不言而喻。正如他在回答记者的采访时所言:"我1986年去美国之前出版了长篇小说《森林之梦》,这之前,也出版过中篇小说《魔》,但都被《伤痕》掩盖了。"

《森林之梦》完整展现了"后伤痕时代"的"王晓华""苏小林"们的命运、前途和她(他)们在返城之后的人生之梦想或实现或破碎的悲喜剧,最终完成了作者自《伤痕》以来对于社会变革中中国知识青年的命运、前途的"忧思录"。这部作品,以返城后的女知青白娴与林一鸣、贾海才之间的爱情、婚姻纠葛为主线,围绕着他们以及他们身边的形形色色的人物展开,反映了改革开放初期从国家、城乡到家庭、个体发生的巨大变化，以及物质上、经济上的量变给人们带来的精神上、心灵上的冲击力。从某种意义上来说，白娴就是返城后的王晓华。她没有王晓华为了表明"革命立场"而与母亲断绝关系的盲目与决绝，而是美丽善良、温顺懦弱，她对家庭压力、世俗观念妥协，与恋人林一鸣分手，选择嫁给了"城里人"贾海才，终于酿成了最后走向死亡的致命苦酒。她与王晓华一样，在骨子里都属于名副其实的"懦弱者"，只不过王晓华在母亲面前表现出冷漠，而白娴则屈服于精于算计的父母的小市民习性而已。

而林一鸣无论在人品上还是在情感上，与《伤痕》中那个即使在荒唐年代仍人性未泯的苏小林都属同道中人，他在《森林之梦》中完成了苏小林的人生梦想。作者写他的人生觉醒："一种自我反省的内在力量，一种对于社会、历史、周围环境的无可推卸的责任感，大枷般压上了他创伤满目的心，帮助他从一种类似沉睡的麻木状态中苏醒过来。"林一鸣虽然来自农村，又因被白娴父母嫌弃而与心爱的恋人分手，但他却是时代和生活的强者：不仅凭借自己的努力考上了大学，而且发表小说一举成名。小说结尾处，他和同学一起利用暑假深入苏中农村进行社会调查，终于在开学后完成了《江苏农村社会调查》，成为有理想、有抱负且与祖国母亲共命运的时代新人。正如书中那首小诗所写："我没有漂亮的诗行，可我手捧不曾破碎的理想，妈妈，请将我的汗和血，汇入你奔流的大江。"

《紫禁女》的隐喻性

《伤痕》为年轻的卢新华赢得了荣耀，让他成为一颗冉冉升起的文坛新星。他本可以按部就班、顺理成章地走上"文而优则仕"的坦途，或是太太平平地继续他的文学梦想，然而，天性不安分的他却选择了放弃公职、经商下海，而后自费出国留学，乃至为了生存蹬三轮车、到赌场发牌。尽管如此，他的内心深处从未放弃文学梦想和作为作家观察生活、批判现实，尤其是反映中国的社会历史与现实的使命感。

中篇小说《细节》是他远渡重洋踏上新大陆之后一部辛酸苦辣的人生见闻录，与其将它当成小说来读，不如当它是"十年一觉美国梦"的生活笔记。其中用较多笔墨描写了主人公"郄杰（细节）"和"我（锅巴）"漂泊异国的留学经历、生活情形与命运遭遇。事实上，书中人物的许多生活细节、人生慨叹和生命感悟皆来自作者及其周围形形色色的中国留学生"洋插队"的深刻体验与切身感受，因而带有作者鲜明的个人印记。作者也说过："'细节'这个人物原型说有也有，说没有也没有。"书中的长篇议论，痛快淋漓地将当今政坛上的"驭官术"和盘托出，读者读到该处也会会心一笑。作者日后所构思的《伤魂》，在此篇中已初露端倪。卢新华去美国十多年似乎憋了一肚子的话，正话反话俏皮话，好听的话难听的话，一股脑儿在小说中宣泄，好处是直抒胸臆，坏处是过于直白冗长的议论使得《细节》更像是说教版的《伤痕》。

卢新华似乎很快意识到了这一点。在美国经历了人生百态、命运无情，感受了东西方文化的剧烈碰撞之后，2004年他携着一部令不少人惊愕的奇书《紫禁女》正式重返文坛。从小说的故事表层来看，它讲述了一个患有先天性器官闭锁症的女子石玉，为打开其闭锁的身体而经历了九九八十一难，从中国到美国，在遭遇了肉体上、精神上、心灵上的难言之痛之后，疾患终被治愈。然而躯体虽被打开，石玉却不再是先前那个完整的女人了，她在怀着混血的胎儿回国寻找心仪的爱人时发生了血崩，成为母亲的梦想最终破灭。小说充满了文化隐喻，也饱含着东西方文化冲突的象征。这是卢新华首度用小说来表述他对东方社会在向西方开放之后所产生的种种弊端的忧思。《紫禁女》的题旨至少有三重隐喻：首先，女主人公石玉的性器官是生理上的先天"幽闭"，俗称"石女"，而"紫禁"则代表了中国闭关锁国的"幽闭"历史，两者在"幽闭"的相似性上达成了同构；其次，小说曾取名《幽闭的女人》，石玉的"幽闭症"虽是先天形成的，但作为女人，她的存在充满了屈辱与悲哀，小说写到石玉梦见自己被八个外国人强暴，这同中国近代史上八国列强入侵北京城的屈辱史实，无疑具有互涉的指代性；第三，石玉在美国通过西方文明的现代医疗手段治愈了"幽闭"，然后又以饥不择食的"乱交"来填补身体的空洞，这成为国人在开放之初种种文化不适的象征。

《伤魂》犹如警世钟

卢新华回归文坛，成了穿梭于中美两国的文化使者。他观察到现实社会中许多不尽如人意之处，甚至是大逆不道之事，也成为其创作的重要素材。他提笔写作，要么是社会现实中的某人某事在其心中盘桓已久，挥之不去，要么是社会现实问题让他如鲠在喉，不能不一吐为快。他始终怀着作为一位正直而有良知的作家的使命感。

比如，他看到了社会上拜金主义盛行，不少人为追逐金钱、财富、名利而贪污腐化、假公济私甚至不惜铤而走险、以身试法，他认为这是当今"中国社会一百八十度大转向,由当年崇拜'存天理、去人欲'过渡到今天'存人欲,去天理'"所致,即以自己在美国赌场发牌时对"铁打的赌桌,流水的筹码"的观察与思考,以生动流畅的笔触写下了《财富如水》。他以"水能载舟,亦能覆舟""君子爱财,取之有道"的道理告诫人们认清金钱、财富的本质:"脏财不取,浮财当散,善财应聚!"《财富如水》无疑对当今拜金主义甚嚣尘上的社会有所警示。

卢新华至今仍然是一名敢于在作品中针砭现实、批判社会不良风尚的战士。他看到了"健忘"或"遗忘"竟成了"时代的通病",民族的精神痼疾:"君不见,多少苦难的历程,伤痛的记忆,不堪回首的往事,当时曾那样惊心动魄和刻骨铭心,事后不还是被时代那只'看不见的手'轻描淡写地遮盖、消解、稀释和抹去,终于化为一缕缕的轻烟了……"于是,便有了长篇小说《伤魂》。《伤魂》通过主人公龚合国几十年来在官场、名利场摸爬滚打、投机钻营,最后为逃避举报和审查由装疯卖傻而成了精神病人的人生轨迹,反射出在经济发展、物质丰富之余,人的灵魂却已堕落、陷入病态的无情现实。读《伤魂》,犹如读一部新《官场现形记》。它如一把锋利的手术刀,剖开了当今官场权谋文化的毒瘤。忧患与忧思贯穿在整部《伤魂》中。嬉笑怒骂,皆成文章。比起《细节》中郁杰关于官场文化的长篇宏论来,《伤魂》中的"细节"既生动丰富而又切中肯綮得多。

总之,不张扬,不夸饰,却从未停止过对人的命运和人生价值的思考,不图名,不为利,却对中国社会和现实存在怀着深深的忧思与批判,这就是卢新华。从1978年写《伤痕》,到2013年出版《伤魂》、2014年发表《梦中人》,他始终承担着思想者与社会学家的使命,从未抛弃"文以载道"的中国文学传统,这既是作家的神圣使命,也是赤子心的滚烫表达。

2016 年 11 月初稿于上海

2018 年 11 月修改于浙江越秀

"小说是作者的一个个梦"
——我看严歌苓及其小说

如今无论在华语小说创作上还是在影视改编上都可谓大红大紫的严歌苓,曾在《〈海那边〉台湾版代后记》中说,她最怕给自己的小说写后记或前言,因为"好比小说是作者的一个个梦,梦结束了,就结束了。你想把个结束了的梦讲解清楚,用醒着的人的思维逻辑,是办不到的。"

而我这个局外人不这么认为。所以在近些年中,不仅接连编选了两部不同题材的严歌苓小说集,而且在每部集子的后面都写了评论或者说是"后记"。第一部名为《也是亚当,也是夏娃》,主要收录了她以海外留学、移民生活为题材的短篇小说,包括《少女小渔》《女房东》《红罗裙》《海那边》等曾在海外荣获各种文学奖项的作品;第二部是《金陵十三钗》,主要收录了她以历史记忆与"文革"记忆为主的中短篇小说。

我与严歌苓因文学而结缘。2004年9月,"第十三届世界华文文学国际学术研讨会"在依山傍海的山东大学威海分校举行。卢新华携着他在长江文艺出版社新出的长篇小说《紫禁女》到了,我和他算是旧友。严歌苓、虹影等海内外知名女作家也来了,我和她俩是新识。她俩的小说风格迥异,她俩的性格也有很大差异。虹影比较爽朗外向,基本上有问必答;严歌苓则矜持而又优雅,看得出来,她不是一个饶舌多话的人,尤其当她觉得你是陌生人时,就更是吐字如金。我和她俩聊的多是小说创作方面的话题。严歌苓和虹影都跟我说抱歉啊,没带名片来。于是,她俩就把手机、邮箱等联系方式写在我的名片背面了。

回到上海不久,就收到了严歌苓自北京邮寄至我家的一包印刷品。打开一看,是她在当代世界出版社出版的七卷本《严歌苓文集》,这使我喜出望外。正好当时我在母校华东师范大学指导的几位研究生要进行毕业论文"开题",其中之一张洁选择了严歌苓及其小说作为毕业论文选题。而我本人此后就在指导研究生撰写和修改论文《严歌苓小说论》的过程中,越来越清晰地认识了严歌苓。

如果只允许用一个最简单的汉字来概括严歌苓及其小说创作的话,那这个字就是"变"。严歌苓的"变"常常出乎一般人的料想,就像她所跨越的令人难以捉摸的几个人生阶段那样:二十世纪七十年代几乎无人知晓的部队文艺兵,二十世纪八十年代小有名气的军旅作家,二十世纪九十年代以后声名鹊起的旅美华人作家兼美国外交官夫人——这就是严歌苓。

早在出国前她就成了有一定知名度的"军旅作家",出版过《绿血》(1986)、《一个女兵的悄悄话》(1987)、《雌性的草地》(1989)

三部长篇小说等作品。其中,《雌性的草地》是作者创作生涯中具有"转折"意义的一部小说,写了"文革"期间一群生活在几乎与世隔绝的草原军马场的"女子牧马班"知青姑娘们,充满宗教般虔诚而又浸透苦难的人生与心灵历程。这是个庄严感与荒诞感相互交织与缠绕的女性(雌性)故事。书中人物所处的生活环境之恶劣,已到了人类,尤其是女人的生存极限:草原上的烈日、狂风、骤雨、冰雹、沼泽、野兽、土著游牧男人……随便遇到哪一样,都是拼了性命也未必能保全自己的。她们的光荣与梦想听着像是黑色幽默的传奇,却又动人心魄,叫人潸然泪下。

记得二十世纪八十年代中期跟着钱谷融教授攻读现代文学研究生时,他常说起文学的"品格"与"品位"问题。这位重申"文学是人学"的著名文艺理论家一再对我强调:好的文艺作品都会有一种打动人心的艺术力量;读一流的文艺作品,你会情不自禁地被它所感动,甚至震撼。所以,不能令人动情的作品,哪怕作家名气再响,哪怕写作技巧再高,都算不上是文学的"上品"。《雌性的草地》就写作技巧而言,虽然还称不上是文学的上乘之作,但它无论是在"文革"后新时期"知青文学"中,还是在二十世纪八十年代以来中国女性文学形象的画廊中,无疑都已经确立了严歌苓小说的独特风格与审美取向。

之后,严歌苓来了个"华丽的转身"。而立之年的女作家,却选择了赴美留学。从背诵英语的一个个单词,到学习用刀叉吃西餐的生活方式;一面打工刷盘子赚取学费,一面利用"边角料"的点滴时间写作谋生。于是,短篇小说就成了她暂时抛却长篇小说写作奢望的唯一选择。《少女小渔》《学校中的故事》《女房东》《红罗裙》《海那边》等小说不仅为严歌苓挣到了得以安身立命的稿酬,更使她在台港地区屡屡斩获文学奖项。但正如陈思和教授在《严歌苓从精致走向大气》一文中所指出的,这些短篇小说"虽然很精致,但总是太技巧化,读起来不够大气"。其实严歌苓本人也很明白:"短篇小说则不同,麻雀虽小,五脏俱全,有时不等你发挥到淋漓尽致,已经该收场了。也是煞费心机构一回思,挖出一个主题,也是要人物情节地编排一番。尤其语言,那么短小个东西,藏拙的地方都没有。"(《〈少女小渔〉台湾版后记》)

我以为,严歌苓的"变"中又有着"不变"。那就是对于个体的生命、信仰、理想、自由以及人的天性(包括情欲)受压抑、遭阉割甚至被扼杀的种种现实存在或明显或隐晦的文字揭露与超越故事层面的哲学批判。正如导演陈凯歌在看了她的作品之后所说:"她的小说中潜在的,或是隐形的一个关于自由的概念,特别引人注目,我觉得,那就是个人自由。"这样的文字揭露与超越故事层面的哲学批判集中体现在严歌苓自"荒诞的庄严"(《雌性的草地》)以来的从"文革"记忆进而引申至民族的历史记忆的诸多作品中。选入中短篇小说集《金陵十三钗》的多是这一类作品。

中篇小说《金陵十三钗》以一位南京沦陷期间的女性亲历者的回忆叙述,揭开了抗战期间"国都"南京沦陷惨痛而又悲愤的民族记忆。值得注意的是小说的视角,并非如影片《南京!南京!》那样正面全景式地反映侵华日军惨绝人寰、令人发指的南京大屠杀场景,而是通过一个在美国教堂内读书、生活的豆蔻少女书娟的视角,讲述了日军淫威之下,一群被人称作"婊子""窑姐"的妓女们,逃入教堂避难最后却慷慨赴死,以牺牲自我的女性之躯为代价,向无耻的侵略者复仇的同时也拯救了比她们更为柔弱、纯洁的"天使"——教堂的女学生的故事。正是这样一种表面上是自我（女性）肉体的主动献祭，而实际上却是义无反顾地为所有被强奸、被凌辱的中国女性报一箭之仇的义举，使人不得不对这群曾操贱业、遭人诟病的妓女们，在生命的最后关头将生死置之度外（她们每人身上都藏着利刃）迸发出来的雌性的更是人性的光芒感到肃然起敬。赵玉墨、红菱……"金陵十三钗"的悲剧命运与整个中华民族的惨痛悲壮的历史记忆纠结缠绕在一起，令人唏嘘更让人心灵为之震颤。

严歌苓的许多小说都具有这样一种令人唏嘘更让人心灵为之震颤的艺术力量。比如《天浴》，比如《白蛇》。这两篇小说都属于严歌苓的"文革记忆"题材作品。打着"造反有理，革命无罪"的旗号，"文革"是一场突如其来而又无法躲避的人类文明浩劫，也是一次对人权、人性、人情、人伦、道德、伦理的史无前例的颠覆和清算。

《白蛇》写的是著名舞蹈家孙丽坤在"文革"中的落难遭遇，作者用虚虚实实的笔触将此演绎成了一部充满暗示与象征意蕴的关于女性之间的情感支撑与纠葛的心理小说。有评论家以"白蛇与青蛇"神话原型来解释孙丽坤与女扮男装的徐群珊之间的关系（如陈思和《严歌苓从精致走向大气》），而我却对孙丽坤所在的省歌舞剧院以"革命领导小组"的名义"一致通过决议"，强行将孙丽坤"押解到省人民医院妇产科"做处女膜是否破损检查感到不寒而栗：在一个人的生存权都无法得到保障的年代里，更遑论女性的隐私权？小说虽然并未直接对此进行评判，却让人读后欲哭无泪。

《天浴》也是这样。女知青文秀想回成都，但她没有任何门路，只得用雌性取悦雄性的最原始手段——"卖身"，去"贿赂"牧场那些掌握着知青们生杀予夺"批文件"大权的大小干部（男人）。当她忍着护士们"破鞋""怀野娃娃的"的鄙夷叫声,刚在场部医院做完人工流产手术却又在病床上遭到二流子奸污时,她终于想让自己有个"体面"的归宿,她对守护者老金说:"我要开枪了——唉,你要证明我是枪走火打到自己的。"但她还是不敢扣动扳机,只得求老金帮忙。结果老金的枪响了,"文秀飘飘地倒下去,嘴里是一声女人最满足时刻的呢喃"。这部可归为"知青小说"的作品的结局,让人心痛与顿足并重,泪水与愤怒迸溅。在如今这个以取悦读者、娱乐大众为上的时代,还有几部能让人怒形于色、让人痛心疾首的作品?!

于是,读严歌苓的小说,会让你不再心心念念只想着一己的不幸与个人的悲欢。所以,编选她的作品,无论如何都是在做一个个"梦"的解析,一次次情感的探险。只是作为读者,我不知道多产(这主要来自她数十年如一日的勤奋与执着)的严歌苓,她的下一部作品会"变"怎样的戏法出来。

2010年3月写于上海

外一篇:

"海那边"与"海这边"
——关于严歌苓的海外小说及其他(代后记)

2011年,编完严歌苓以"文革"题材为主的短篇小说集《灰舞鞋》并交了稿之后,我便应邀赴香港浸会大学担任了一学期访问教授。其间给浸会大学中文系的研究生们开设了一门课,课名叫作:文学中的情欲书写。在课堂讨论环节,我给学生组织了一个讨论专题:解读严歌苓《无非男女》等小说中的"情色"。结果,学生们在随后的研究心得交流中,不约而同地将严歌苓的小说原著与根据这部原著改编的台湾电影《情色》(朱延平导演、王逸白改编)做了比较,指出无论是原著还是电影本乃"无色之情","电影以'色'的名义吸引观众进场,但观众若真的将它当成色情片来看一定会大失所望,因为它根本不够色情"。学生们还将剧中男女主人公(雨川和老五)的感情发展细分成五个阶段,把这段相见恨晚而又无望的恋情的悲剧性揭示出来。这是我当初把《无非男女》这篇小说选入严歌苓中短篇小说集《金陵十三钗》时完全没意识到的。更让我始料未及的是,《金陵十三钗》在2011年获选江苏省首届"陶风奖",并且是读者投票选出的十部图书中唯一的文艺类图书。这无疑给我很大的鼓舞。于是,返回上海之后,我征得严歌苓的同意,着手重新调整《海那边》集的篇目。

与收入《灰舞鞋》集中多以反映作者青少年时代处于"文革"动乱时期的成长经历的作品不同,收入这本《海那边》集子中的作品,除《扶桑》《人寰》这两部中篇小说外,其余大都是作者二十世纪八十年代末远赴"新大陆"后利用念书、打工之余以及"做英文功课裁下的边角"时间创作的以海外留学生或"新移民"生活为题材的短篇小说,比如后来曾在台湾大红大紫的《少女小渔》,曾数度入选大学文科教材的《女房东》,曾获香港亚洲周刊小说竞赛第二名的《学校中的故事》,还有在同一年里分别获得台湾第17届中国时报文学奖短篇小说评审奖的《红罗裙》和台湾第15届联合文学奖短篇小说一等奖的《海那边》等等。这些作品,与作者出国之前出版的三部长篇小说《绿血》《一个女兵的悄悄话》和《雌性的草地》相比,似乎有着创作上的转折意义和里程碑式的跨越。这种转折与跨越,最为明显的就是对于上述三部作品力图真实地记录一代年轻人在"文革"那个特殊年代里艰难而又顽强的成长经历而又过于理想主义的某种修正。从某种意义上而言,先前作品里的那个严歌苓,不过是个旁观者和记录者。而出国后的严歌苓,才真正成了其"故事"的亲历者与感知者。从跨出国门的第一步始,严歌苓身上"小有名气的军旅作家"那道光环就被异国他乡的陌生环境无情地甚至可以说是残酷地粉碎了。她必须要告别原先的那个自己,首先想办法赚钱交学费和打工生存。正如她在《学校中的故事》一开头所描摹的:

> 那时,我刚到美国,整天"累呀累呀"地活。
> 学校的电梯一样地挤,我嫌,也怕人嫌我。打工的热汗蒸着我,连自己都嗅出一身的中国馆子味。我总是徒步上楼,楼梯总是荒凉清静,我总在爬楼梯之间拿出木梳,从容地梳头,或说将头发梳出从容来。我不愿美国同学知道中国学生都这样一气跑十多个街口,从餐馆直接奔学校,有着该属于牲口的顽韧。

假如没有这样疲惫不堪地穿梭于学校和餐馆的切身体验,她也就无法体察出《海那边》里那个整天在杰瑞餐馆卖命的"脑筋残废"的"泡"(Paul),渴望得到女人温柔的抚摸却被王老板"教训"而得不到任何满足的悲哀;也写不出随口为泡"做媒"以宽慰他萌动的春心,却因此被王老板向移民局告发,将被驱逐出境的李迈克的悲剧。她以悲悯的眼光打量着这些在"新大陆"求生的异乡人,尤其是那些不属于主流社会的"边缘人"的生存境遇。这里没有任何理想主义,有的只是干活拿钱的铁律;这里也没有服从命令听指挥的纪律,有的只是个人利益高于一切的冷漠与无情。正如在《学校中的故事》中,女主人公李芷见到教师帕切克的白发时所说:"我突然想到,这头发会不会是一夜间白掉的呢?实在想不出什么能让个男人一夜间枯了头发。焦虑和疲惫?难道还有比凄惶地跑到美国、半老了才开始学语学步的中国人更甚的焦虑和疲惫?"作者无疑借李芷之口,道出了自己跑到"新大陆"后产生的焦虑与疲惫。

毋庸置疑,严歌苓的海外小说笼罩着浓厚的"边缘"意识,她对类似"泡"和李迈克,还有扶桑、小渔、老柴这样的边缘人,比跨出国门之前有了更直接的观察和生动的展现,对不同历史时期移民的特殊生活或者说对他们在生存困境下"人性"的微妙和复杂也有了独到的发现与思考,并以一种悲天悯人式的宽容表现了个体存在的价值。严歌苓擅长透视东西方在文化、地缘和心理等诸多方面的巨大差异,以及这种差异对人的命运强大无比的支配力量,尤其是在大的社会历史背景之下人对于把握命运的无奈与无助。值得我们注意的是,这些在作品中往往是透过"情欲"这扇小小的人性之窗或隐或显地揭示出来的。比如《女房东》中的老柴。老柴以令人匪夷所思的便宜价钱150美元租到了沃克太太家一应俱全的地下室。作为一个被经济学硕士老婆"踹"了的48岁壮年男人,他已经"习惯了没女人。每天晚上五点到十一点,他在一家餐馆送外卖,白天他上三小时成人大学。学到哪算哪,老柴没野心,而且跟找女人相比,上学本身是次要的"。他自认为"自己在四十八的年龄上模样是不坏了,没有胖也没有秃,几颗老年斑,这样刨刨头发可以遮上,成人大学坚持上下去,总会找着个女人"。可见在他的内心深处,还是萌动着"找女人"的春心的。可是找什么样的女人呢?问题就出在这儿。他租住沃克太太家之后,虽然没机会与说话声音轻柔细弱的沃克太太本人打照面,但经常可以看到客厅里女房东丢下的留有淡红唇印的纸巾、浴室里挂着的各色女人的小物件,"两条粉黄的内裤,肉粉色乳罩,浅紫水蓝的手绢,淡白、银灰、浅棕的长丝袜藤萝似的垂荡着。老柴从未注意到女人的内衣会如此好看。怎么老婆没给过他这感觉呢?"于是,他对其他粗俗丑陋的女人不再感兴趣了,包括一起在餐馆打工、主动拉开裙子拉链让老柴摸的东北女生小胡,老柴觉得"这内裤怎么这样脏、旧、粗、陋?腰上的松紧带松弛了,提示着一切因老而松弛的东西。松弛的地方向下垮去。似乎可以无限垮下去,带一种不美好的邀请。老柴想,这女人为什么让自己的内外存在这么大差距呢?外面不惜工本,里面也太得过且过了"。正是这种感官、触觉的对比,让老柴对女人的"标准"有了变化,变化大到连离婚前他死乞白赖央求"最后一次……"而遭拒的前妻,借出差之名主动要求来他的住处"挤一挤",他竟断然拒绝。老柴变了!此时的他虽然渴望找个女人,但沃克太太用过的纸巾、内衣、薄如蝉翼的浅粉色丝质衬裙等精致而柔软的女人体己小物件的出现,不仅唤起了老柴身体的燥热与激动,更触发了他埋藏在心灵深处的对优柔女人的向往,他终于明白自己需要的不是一个粗俗丑陋、比男人还像男人的女人,而是一个柔声细气、柔情似水的女人。用小说中的原话说,"老柴醒了"。于是,便有了类似《少女小渔》的故事结局:老柴在慌乱中藏起了沃克太太的浅粉色丝质衬裙,却又终日寝食难安。他终于在搬家之前见到了之前无数次想入非非的女房东,其实这时候她已是个病入膏肓、不久于人世的绝症病人。沃克太太晕倒了,他没有乘人之危。面对他曾经朝思暮想、"渴望极了"的女人,老柴的理智战胜了情欲。

　　严歌苓似乎更善于表现带有东方意蕴的华人女性。她们在面对屈辱和苦难时,表现出惊人的宽恕和隐忍,用一种宽宏的、女性的,也是母性的善意来包容一切丑陋和肮脏。例如小渔(《少女小渔》),例如扶桑

(《扶桑》)。前者是为了一张绿卡而与穷困潦倒的意大利裔老头假结婚的中国女孩,后者则是当年旧金山的华人名妓。在一般人眼中,出卖自己身体的女人都是大逆不道而让人鄙夷的。但小渔只是淡淡地用"人嘛,过过总会过和睦……"一句话,将妒火中烧的男友江伟恶毒的咒骂轻轻拂在了一边。不难看出小渔其实是把所有的不公和委屈都独自承受下来,并且淡淡地化解了。在她把一切都化干戈为玉帛面前,男友那句"居然能和一个老无赖处那么好"的咒骂倒成了对小渔真是"'好'女人"的盛赞。扶桑更是有一种与生俱来的不可思议的逆来顺受,无论是面对她命中定下的丈夫大勇,还是与之有着微妙情愫的白人男孩克里斯,抑或是千百人无休无止的蹂躏,扶桑总是那么从从容容。她服从于命运的一切摆布,也正是这种母性的宽容与隐忍,才让她走过了一切灾难。据考证,"'扶桑就是榕树',以巨型闻名,一木可成一林,隐含着包容忍让的含义。与华人移民的生存之道——忍字哲学相吻合"。

严歌苓喜欢写以"柔"克"刚"的女人的故事。《红罗裙》中的海云也是一个以柔弱之躯为自己和16岁的儿子寻求庇护的柔弱女人。37岁的她来自中国。在少校丈夫因为军演失事而亡之后,作为军人遗孀,她以婚姻作为筹码,嫁给了一位年过七旬的美籍华人周先生,带着"拖油瓶"儿子健将一起来到美国。她既不像老柴的前妻那样有经济学硕士学历,也不像少女小渔那样靠厚道和善良赢得了人们的尊重,她的全部"资本"就是她作为漂亮女人的身体,"有张粉白脸,腰身曲线工整得像把大提琴"。周家原本已经有了一个20多岁的混血儿子卡罗,他成了海云的继子。于是,在三个老少男人包围之中的海云,就成了他们明争暗夺的"女模特":亲生儿子健将为了替她买她曾经想买而没买成的红罗裙,不惜旷课打工挣钱;继子卡罗表面对她"友善"背后却另有企图,"对于她这三十七岁的继母,卡罗的存在原来是暗暗含着某种意义",直到有一天终于对她吐出了"I... love... You!"不过,这出《雷雨》式的"乱伦"故事终究还是没有发生,小说结尾,周先生答应掏钱送健将去一所寄宿男校,卡罗被东部的一所音乐学院录取,即将离家去求学。临行前:

卡罗走上来,把嘴唇慢慢触到她面颊上,她脖子上,她不动,没有邀请,也没有拒绝。他说他从她进了这房子,就开始爱她,她该是他的。

她抬起脸,看着他,感到自己在红色太阳裙下渐渐肿胀。她对伦常天条的无知使她无邪地想要和想给;刹那间,她几乎想回报卡罗,以同样的话,同样的动作。

但她仍一动不动。听卡罗拿千差万错的音调许愿:他将回来,为她回来。

她知道他不会回来,外面多大、多好。健将也不会回来,从这里出去,谁还回来。她有足够的美丽衣裳,将为卡罗和健将美丽地活在这里,哪怕他们在千里万里之外,哪怕他们永远不归。

海云终究不是繁漪。她到美国来的目的本来就很实在,是为了儿子健将有个好的前途,可是她作为女人的美丽身体却让美国的周家老少两代男人对她动了心。当她穿着那条并不合自己身份的红裙子走过客厅,"海云看着镜中的自己,以及镜子折射出三个男人的神色。她明白自己是美丽的;她明白这美丽对他们是白白一种浪费,同时也对他们是无情的一分折磨"。作为海云名正言顺的丈夫,年过七旬的周先生终于第一次成了海云真正的丈夫,"海云闭上眼,柔顺得像团泥"。男欢女爱的情

辑一 同道中人 / 023

欲,在周先生那里,是显示其名正言顺的占有;而在海云这里,只是尽妻子的一种义务。因为,她知道,卡罗的甜言蜜语是靠不住的,健将也不会回来。他们一走,她的美丽衣裳只有穿给周先生看了,如果他不愿意看,那她就成了无依无靠的孤家寡人。所以,她的柔顺不像沃克太太那样是虚幻的,而是现实的。她是现实版的扶桑。

所以,严歌苓这些以海外留学生或"新移民"生活为题材的中短篇小说,并不是如批评家所说的"精致,但不够大气",其实可以给读者以丰富的联想与想象空间。打个比方说,它们好比是处于两座山峰之间的一块草地,虽然平坦无奇,却也盛放着绚丽斑斓的奇花异草,走近了,看一看,赏心悦目;闻一闻,香气袭人。

2011年11月初稿于香港
2012年11月修改于韩国

"曲"中情意结，"恋"时人婵娟
—— 我与张翎的文学交往

第一次见到张翎，是在十年前。2002年秋天，第十二届世界华文文学国际学术研讨会在浦东名人苑宾馆举行。那次研讨会是由民政部批准成立不久的中国世界华文文学学会主办的首届高规格的学术研讨活动，由复旦大学与香港作家联会承办。我作为1994年筹备成立中国世界华文文学学会的上海三名筹委之一，也参与了这届研讨会的一些筹备工作。正是在这届研讨会上，我见到了由"本家"少君（他本名钱建军）带领的"北美兵团"的一群华文作家。当时来赴会的"北美兵团"中，就有几位声誉鹊起的"新移民"作家，张翎是其中之一。她是复旦大学1983届外语系毕业生，所以来上海开会，就像是回娘家一样。我会后写了《海空辽阔华文飞》的长篇述评，后来分别发表于《文艺报》和《香江文坛》。其中写道："北美地区，向来是海外华文文学的重镇。欣然前来赴会的北美华文学者和作家，除了加州大学教授杜国清、《美华文学》副主编王性初、匹兹堡大学研究员少君、美华作家柯振中等'老代表'，又有不少'新面孔'……近年来在北美华文文坛声誉鹊起的'新移民作家'陈瑞琳、张翎、沈宁等，都是首次受邀出席在国内举行的华文文学研讨会。这些'新移民作家'，大都在国内受过高等教育，具有良好的中文文学素养和文字表达能力，他们出国后在工作、谋生之余，创作并出版众多的华文文学作品和华文刊物、书籍，并以其创作的实绩成为北美华文文坛上一支成绩斐然的生力军。他们的到来，为国内的北美'新移民文学'的研究互动吹来了一股热风……"不过，那次我因为晚上住回长宁区的家，没有更多时间与张翎等人深谈。

再见张翎，已是两年后。2004年秋天，"第十三届世界华文文学国际学术研讨会"在依山傍海的山东威海召开。因为同住在山东大学威海分校宾馆内，我与她有了深谈的机会。她邀我到她房间坐坐聊聊天，我就去了。这一谈，可谓相谈甚欢。或许因为我们都属于"50后"，恢复高考后分别考入华东师范大学和复旦大学，虽称不上是校友，但毕竟都就读于上海高校。二十世纪七十年代后期百废待兴，上海的文科高校也就那么几所（有多所高校在"文革"中被合并），所以谈起当年彼此都有一种亲近感。那时候消息在校际传播得很快：复旦大学中文系卢新华的小说《伤痕》在《文汇报》上发表之前，我们华东师范大学中文系1977级学生中就已有人知道并在宿舍里展开过热烈的讨论了。这一次卢新华携他在长江文艺出版社出版的新著《紫禁女》来到会场，我和他是故友重聚，而与张翎等则有相见恨晚之慨。我和她在一起海阔天空地聊了许久，聊我们当年读书时的种种趣事，聊我们后来在求职、工作中的不同选择，聊各自的家庭和丈夫。这种女人之间带有私密性的倾诉，不带任何功利色彩，却让彼此的心灵贴得很近。我觉得张翎的身上有一种南方女性少有的坦诚与真率。

近年来，张翎成了海外华文文坛上声誉鹊起的加拿大华人女作家，尤其是小说《余震》被冯小刚导演相中拍成《唐山大地震》之后，更是名声大噪。但有一点我觉得难能可贵的是：她至今并非职业写手，而仍是一位"业余作者"，这使她的小说多了几分从容挥洒、闲庭信步的况味。当然她的创作历程，并非一马平川。

据我所知，张翎出生于浙江温州的一个小县城。"文革"时期，曾有过全国范围内"上山下乡一片红"之盛举，即1966届以后城镇户籍的初高中毕业生，除了参军、残疾等特殊情况，一律下放农村或边疆，当时叫作"到广阔天地去炼一颗红心"。为了躲避"接受贫下中农的再教育"（即下放农村），16岁的张翎初中还没毕业，就到一所小学去当了代课教师。一年之后，她又进了一家工厂成了一名车床操作工。在那个表面上"东风劲吹，红旗漫卷"，一派"光辉灿烂"，而实则却是黑暗弥漫、雾霾重重的年代，张翎觉得自己的前途犹如墨黑的隧道，看不到一线光明。她当时唯一的信念就是：一定要走出这片黑暗。她的内心充满着躁动不安。她不满足于枯燥而又单调的生活，她要寻找哪怕是一星半点的希望。她后来对《温州日报》的记者这样说："我像一块巨大的海绵，张着所有的毛孔贪婪地学着一切能学到的东西：绘画、古典文学、外语。把手能伸得到的书都读了，把眼睛能看得到的东西都给学了。从1973年到1979年，这六年时间里，我自己完成了人生最重要的再教育课程，我人生观、世界观的真正形成就是在这六年里。"在这一时期，她开始尝试写作，并"零零星星地发表过"作品。多年之后,张翎在《〈尘世〉后记》中提到这样一件事:她在美国哈佛大学交流期间,偶然在燕京图书馆发现了一本1977年国内出版的《浙江文艺》(原名《东海》),上面有自己发表的处女作《雷锋颂》,"这是我一生中第一段化为铅印的文字,写在不谙世事的豆蔻年华","我的目光吃力地犁过岁月的积尘,在那些半是口号半是快板的僵硬文字中间穿行"。不过除《雷锋颂》等"铅印的文字"外,如今已难以找到她当年"有过一些狂妄的文学之梦"的痕迹了。

1977年冬天,国家恢复了已被取消11年之久的高考。张翎参加了浙江省高考,却因为"政审不合格"被刷了下来。1979年,她再次冲破重重阻力,甚至为专心复习迎考而辞掉了工作,最终以浙江全省外语类高考总分第一名的成绩被复旦大学外语系录取。走出温州的小县城不易,到大上海求学就更值得珍惜。读大学期间,一方面是外语专业的要求,另一方面也是兴趣使然,张翎阅读了大量的欧美文学,她后来回忆:"可以说,我的文学阅读大部分是在大学里完成的。"与此同时,她也开始在《福建文学》《东海》等省级文学杂志上发表短篇小说,成为一位小有名气的业余作者。不过,这些作品相对于她后来重新提笔专心创作的作品而言,只可说是一种练笔。1983年她大学毕业,被分配到北京,在国家煤炭部任科技翻译,每天朝九晚五,上班下班。这段千篇一律、缺乏灵性的生活维持了三年,"在北京的三年对我的世界观形成也有很大关系。我第一次知道什么叫博大,江南长大的我,到了北京,才感觉江南是一件很精致的金缕绣衣,我身子略微一动,就会把那些针脚挣破。在北京,我不再需要原来的衣服,我需要一种博,一种大,一种更大的空间,于是我选择了出国"。不安于现状的内心又开始躁动,张翎从温州走到上海,从上海来到北京,又从北京走向世界,一次比一次走得更远。

1986年,张翎辞去北京国家煤炭部翻译的稳定工作,拎着两只大箱子,跨出了国门。在国外的最初几年,她始终处于"流浪"的状态与心境中。她搬过十几次家,从一个地方,迁徙到另一个地方,所有的家当就是两只行李箱。据张翎在《〈金山〉序》中所说:"在这之后的十几年里,我完成了两个相互毫无关联的学位,尝试过包括热狗销售员、翻译、教师、行政秘书以及听力康复医师在内的多种职业,在多个城市居住过,搬过近二十次家。记忆中似乎永远是手提着两只裹着跨省尘土的箱子,行色匆匆地行走在路上。"在这样的情形之下,搞创作便成了一种奢望。她形容说:"刚留学、移民时,就像一根大树被连根拔起,移植到另一个地方,一些树根已经下土,一些还浮在泥土表面,它对周围的气候、环境、土壤有一种很敏感、激烈、痛苦的反应和挣扎。如果那时候就开始写作,叙述基调一定是激烈的、敏感的、接近于控诉的。"直到九十年代后期,在经历了十多年居无定所的"流浪"生活之后,她不仅获得了加拿大卡尔加利大学和美国辛辛那提大学的英国文学与听力康复学双硕士学位,而且考出了北美行医执照,在加拿大多伦多的一间听力诊所谋到了听力康复师的职位。"拥有一份相对稳定生活的时候",文学又开始向她频频招手。她很快就又成了令人刮目相看的"业余作者"。人到中年,她坚信:"一个离开了青春的人不一定非得一头栽进衰败的,其实青春和衰败中间还有着无限的空间和可能性,可以让人十分惬意地甚至有些偷生似的享受着大把大把的冷静和成熟。"于是,长篇小说《望月》《交错的彼岸》《邮购新娘》直至反映十九世纪以来漂洋过海出国谋生的华工血泪史的《金山》,以及中短篇小说集《尘世》《盲约》《余震》及《雁过藻溪》等先后出版问世。

平心而论,这十多年来,中国文坛似乎越来越陷入一个心浮气躁、急功近利的泥沼,而远在大洋彼岸的张翎,却不知是幸还是不幸地隔绝了这争名逐利的圈子,心也变得纯粹与清爽,她那些从容淡定、精致缜密的"业余"小说,反倒显得自然而又深邃,纯净而又大气。和严歌苓相仿佛,她的作品,尤其是小说频频斩获各种文学奖项:如第七、八届十月文学奖,第二届世界华文文学优秀散文奖,首届加拿大袁惠松文学奖,《中篇小说选刊》双年度优秀中篇小说奖等。2010年4月和5月,张翎凭借长篇小说《金山》,获得第八届华语文学传媒大奖年度小说家奖和第三届中国小说学会海外作家特别奖。

有人说"张翎最擅长在'风月'里融进'风云'。从《望月》到《交错的彼岸》,再到《邮购新娘》,几乎都是一部中国现代史的别样演绎"。确实,张翎的小说常常于虚构中包孕着时代风云、历史沧桑,充满了浓郁的家国情结与故土情怀。她的中篇小说《雁过藻溪》等作品,无一不显露出她对故乡温州的风土人情的熟稔与"念旧",《雁过藻溪》的题记就开宗明义地说:"谨将此书献给母亲和那条母亲的河",其中讲述的也是与故乡温州的历史掌故、家族兴衰有关的女人的故事。但她表现的并非只是单一的"乡愁"主题,而是将故乡藻溪作为人物命运转折的舞台。同样,她写中国人在新大陆或拼搏或沉沦的形形色色的命运遭遇的作品,如《恋曲三重奏》《团圆》《弃猫阿惶》《毛头与瓶》《陪读爹娘》等,也突破了一般留学生文学固有的"放逐"和"离散"的窠臼,而将文学的触角探伸到人性最隐秘的角落。比如,《毛头与瓶》中的女主人公虹,本想用硫酸泼洒情人的无辜孩子作为对不肯离婚娶自己的情人的报复,来个鱼死网破,但最终还是放弃了用极端手段害人害己的念头,悄悄地将硫酸瓶踢进了草丛深处。这正如一位评论者所说,"跳出了'新移民文学'的一些表面化的类型特征,在选材视角上,在人文关怀上、在叙述切入点上,都跳脱了类型、范式的思考,把笔触直接深入个体与人性的深处,几乎一篇就给出了一个世态的新面"。

也正因此,我把经过挑选的张翎的这些中短篇小说交给江苏文艺出版社出版,希望它们能得到读者的喜爱。同时,也希望张翎笔下栩栩如生的人物故事还没有完,完不了。我们期待着。

2010 年 6—7 月初稿

2011 年 2 月修改

外一篇:

"藻溪"故事:母乡与原乡

藻溪·母乡·"春枝"

"谨将此书献给母亲和那条母亲的河。"这一题记明白无误地告诉读者:张翎的小说《雁过藻溪》的人物原型与故事地点和作者的"母亲"及其文化母体,乃至其自身生命的形成有着千丝万缕的同源关系。作者后来在《雁过藻溪·序》中做过如下交代:

> 藻溪是地名,也是一条河流的名字,在浙江省苍南县境内。藻溪是我母亲出生长大的地方,那里有她童年、少年乃至青春时期的许多印迹。那里埋藏着她的爷爷奶奶、父亲母亲、伯父伯母,

还有许多她叫得出和叫不出名字的亲戚……

……

我和藻溪第一次真正的对视,发生在1986年初夏。那是在即将踏上遥远的留学旅程之时,遵照母亲的吩咐我回了一趟她的老家,为两年前去世的外婆扫墓。这是我平生第一次回到母亲的出生地。同去的亲戚领我去了一个破旧不堪的院落,对我说:这原来是你外公家族的宅院,后来成为粮食仓库,又被一场大火烧毁,只剩下这个门。我走上台阶,站在那扇很有几分岁月痕迹的铁门前,用指甲抠着门上的油漆。斑驳之处,隐隐露出几层不同的颜色。每一层颜色,大约都是一个年代。每一个年代大约都有一个故事。我发现我开始有了好奇。

作者在此提及的当年对于老宅的亲眼目击与真切感受在《雁过藻溪》中化作了笔下人物末雁跨入"紫东院"后的直接观感与心灵触动,两者之间甚至有不无惊人的重合度:

……老宅的破旧,原本也是意料之中的。末雁走上台阶,站在厚厚的木门前,用指甲抠着门上的油漆。最上面的一层是黑色的,斑驳之处,隐隐露出来的是朱红。朱红底下,是另外一层的朱红。那一层朱红底下,就不知还有没有别的朱红了。每一层颜色,大约都是一个年代。每一个年代都有一个故事,末雁急切地想走进那些故事。

类似生活原型和"母系"家族衰亡及其身世沧桑与小说故事人物高

度重叠和契合的叙事,在张翎笔下其实并不多见。这让我们无论如何也忘不了"藻溪"这个地名以及与此相关的故事中的人物。"藻溪"在张翎小说中的最先出现,是在稍早些时候发表、曾获 2006 年度人民文学奖的小说《空巢》中。在这篇小说中,"藻溪"还只是个不太起眼的背景,点缀着人物的籍贯。旅居海外的何田田在母亲亡故后为形单影只的父亲、退休教授何淳安找来照顾其饮食起居的保姆赵春枝时,问及她是哪里人,春枝答道:温州藻溪乡人。在小说结尾时,垂垂老矣的父亲竟提出要娶春枝,遭到儿女的反对。春枝离开后,难耐寂寞的父亲"失踪"了。最后,何田田是在"藻溪"寻到了怡然自得地在水边垂钓的父亲,"父亲甩竿的动作很是有力,仿佛在上演一出细节到位的戏文,钓鱼绳在空中留下一个弧形的划痕","父亲的全出戏文只有一个观众,就是春枝"。这里留下的"划痕"既是这个"老夫少妻姻缘"故事的结尾,又是另一个"藻溪"故事的开头。那就是"藻溪女人"——"春枝"们的身世来历及其命运沉浮。之后,我们便读到了篇幅、容量皆大过《空巢》许多的《雁过藻溪》——一个真正意义上的"藻溪"故事,一个真假虚实掩映下的母系家族奥秘。

"冻土"·"烂苹果"·"还乡"

从表层故事层面看,《雁过藻溪》讲了一个女儿尽孝,让母亲"叶落归根""魂归故里"的故事。一个出国多年,在大洋彼岸已在事业上、经济上立稳足跟、正从事环境保护研究的女科学家宋末雁,为遵从已故母亲的遗愿,特地请假专程回国,奉送亡母的骨灰至其祖籍——藻溪安葬,完成了母亲生前的夙愿。宋末雁的女儿灵灵由于正好有两周社会调查假期也随行回了国。灵灵从 6 岁起就在异国他乡生活、如今一副满不在乎的"外国做派",对自己的"根系"和祖先显得十分生疏,但在陪同母亲安葬亡故的外祖母的过程中,"根"与家,在她心目中再也不是无足轻重的东西了。当她接过财求伯送她的篾编玩具房子后,"突然被一种无法言喻的悲哀袭中。微笑如水退下,脸上就有了第一缕沧桑。那个玩具房子在最不经意间碰着了她的心,心隐隐地生疼,是那种有了空洞的疼。那空洞小得只有她自己知道,却又大得没有一样东西可以填补"。于是,读者很快就发现:其实在奉行孝道、让亡母"魂归故里"的表层故事之中,还包孕着一个"寻根溯脉""认祖祭祖"的还乡故事。但读者很快又觉得这样来概括《雁过藻溪》的故事还是远远不够的。"还乡"故事本身似乎也并不能带给读者多少新鲜感,早在30多年前的"新时期文学"中,王蒙的小说《春之声》就通过二十世纪八十年代初工程物理学家岳之峰的还乡之旅,把主人公随着急剧变化的时代风云大起大落的生命历程与命运浮沉连缀起来,对如梦似幻而又并非梦幻的现实与人生作了严肃反思。《雁过藻溪》绝非一般意义上的"还乡"故事,它在"还乡"的外窍包裹之下另有其深刻含义。

与"全知全能"型传统小说不同,现代小说中的"全知"叙事视角并非无所不能,而是往往交替采取"全知视角"与"限知视角"充当"观察之眼"。如果说"全知视角"的叙事常常是不带情感色彩的客观叙述的话,那么,"限知视角"则是叙述者透过女主人公末雁的亲眼目击与心理"内省"来透视她对婚姻与丈夫的"绝望",带有强烈的情感色彩,我们从中不难体会末雁面临离婚时怒火中烧的真实反应:一、"她感觉到"丈夫迫不及待地盼望早日解除与她的婚姻关系;二、"她的眼神时常像狩猎者一样"捕捉并藐视丈夫的言行;三、"她恨他",原因"不是因为离婚本身,而是因为他们没有理由的离婚"。对丈夫和对婚姻的"绝望"本是末雁自身的内在情感,但这里叙事者却将其外在化了,将之比喻为"冻土",一片在冰雪覆盖下的坚硬土地。

在末雁即将离婚之际,"冻土"封闭了她的全身心,使她内心布满了"冰碴儿",对婚姻和自我彻底丧失了自信。因为丈夫迫切地想离开她的原因,并非"红杏出墙""第三者插足"等外在因素,而是"这桩婚姻像一只自行发霉的苹果,是从心儿里往外烂,烂得毫无补救,兜都兜不住了。……这样的烂法宣布了末雁彻头彻尾的人老珠黄缺乏魅力"。小说自始至终都未对女主人公做过肖像描写,然而透过"限知视角"的"内省"聚焦,在读者的最初印象中,人到中年的末雁,无疑是个"缺乏魅力",尤其是缺少吸引男人的女性魅力(你看,连丈夫都巴望着早日离她而去)的木讷干巴的中年女人。

她为何会成为这样一个"缺乏魅力"的中年女人?回答这一问题,需要一个契机。这个契机就是——大洋彼岸的母亲黄信月去世了,"母亲生前反复交代过……骨灰由长女末雁送回老家藻溪归入祖坟埋葬"。

于是,一个奉亡母之骨灰赴其祖籍的"还乡"故事便顺理成章地呼之欲出了。

"门"·"墙"·"坚冰"

事业有成但"缺乏魅力"的末雁很快与丈夫离了婚,并携女儿开始了"还乡"之行。但我们很快发现,为母送葬不过是"藻溪"故事的一个引信,或者只是浮于海上的冰山的一个尖角而已,其下包含着的是一个回归人伦亲情家园及重新体认东方母体文化的内核。

对于末雁而言,"还乡"首先是对母女关系以及自己人生历程与成长经验的回顾与追思。50年风雨人生的桩桩件件,正像离婚后末雁搬家时砸向前夫车尾的花瓶,成了"剪不断,理还乱"的一地碎屑。而"还乡"正给了末雁捡拾这些人生之碎片并将之拼贴起来,包括解开母女两人的身世之谜以及母系家族奥秘的契机。对于生养自己并给自己取名为"小改"的母亲,在她生前,末雁与她其实是隔膜的,正如她对父母形象的比喻:"母亲是一扇门",父亲是"门里的景致","作为门的母亲是沉默而高深莫测的,而作为景致的父亲反而是一览无余温和容忍的"。这种"温和容忍"不仅是那些求他办事的藻溪"乡党"们对他的印象,其实也是末雁多年来对"父亲"的感觉,多少带着"见外"的生分。"门"隔开了天地万物,也隔绝了母女之爱,一向沉默寡言的母亲,甚至令人不可思议地将童年时代的长女拒之"门"外。末雁在手捧母亲的骨灰盒驱车赶赴藻溪的途中,有一段关于母女关系的辛酸回忆,通过一个十岁小女孩(小改)的童年视角,"聚焦"母亲与自己的形象,清晰而又分明地告诉读者:母亲生前曾十分"厌恶"长女,她把月光般的柔情只施予幼女;童年的末雁从镜中看见自己的脸"雀斑丛生毫无灵气",而她确定这一镜像"就是一堵高墙,隔开了母亲和她","永无会合之日"。在这里,"门"与"墙"显然不仅仅是关于母女关系的比喻,而更像是一种家族文化隐喻。对于末雁来说,"还乡"是"破门而入"(她后来跨入母亲的祖居"紫东院",由此揭开母亲隐藏了50多年的身世秘密和母系家族衰亡的奥秘);而对于亡母而言,指定长女将其骨灰带回祖籍埋葬,也带有一种"拆墙欲出"(母亲与"堂兄"财求在半个多世纪前达成的"交易"终于大白于天下)的意味。所以,"门"与"墙"既隔绝了母女,又沟通着生者与死者,使她们最后彼此宽宥与相互理解。

在这里,裹着"坚冰"的母亲与心如"冻土"的末雁形成了首尾呼应的彼此映照:母女两代人终于在祖籍藻溪阴阳两隔的内外聚焦下冰释前嫌。"还乡"不仅让末雁完成了母亲的心愿,捡拾起了丢失在母亲的沉默寡语之中的家族谱系,而且还成了她寻找家族文化符码、修复人性天伦版图的精神之旅。

"失乐园"·"伊甸园"·"夏娃复活"

末雁手捧着母亲的骨灰盒抵达藻溪。葬母之行,使她与为亡母披麻戴孝以及教她入乡随俗当众哭丧的两个男人发生了不解之缘,终于使她早已干涸的泪腺淌出泪水来("女人是水做的",但还乡前的末雁,什么都不缺,独独没有"泪水")。一个是母亲的"堂兄",表面上与母亲沾亲带故,而实际上是"哄哄人的亲戚"的财求伯;另一个则是财求伯的孙子,按辈分应该叫末雁"姑姑"的侄儿百川。正是这老少两个男人,在末雁还乡期间,不仅改变了她此后的人生轨迹,并且还在她与灵灵的母女关系中投下难以驱除的失和阴影。

末雁做梦也想不到,眼前这个一身重孝、至悲至诚的黑瘦老头,竟会是母亲和自己"失乐园"悲剧的始作俑者。他不仅对着亡母的骨灰盒行叩首跪拜之礼,还一手导演了藻溪乡亲、末雁以及灵灵当众给亡亲遗像下跪哭灵的东方孝亲仪式。然而,50多年前的财求像《失乐园》中以强凌弱的撒旦,当着上帝的面对一个落难女子犯下了不可饶恕的罪孽。此后数十年黄信月与末雁的种种不幸,甚至财求的孙子百川与"姑姑"发生"乱伦"关系,都与他当年造的孽脱不了干系。这个从小逃荒讨饭、被藻溪乡篾匠黄四收养的本名叫作"狗"的四方有名的手艺工匠,当年乘人之危,在觊觎已久的藻溪大户人家千金小姐黄信月大难临头之际,首先占有了这个"藻溪乡里唯一读过高中的女子"。所以,他50多年后一手操办的不无滑稽的"哭灵"仪式其实更像是一场超度亡灵、清洗罪孽、请求死者宽恕的"赎罪"法事。末雁在母亲生前一直百思不得其解的谜题,也随着她跟随财求踏进母亲的故居紫东院,并在母亲的房间里捡起一条褪尽鲜艳色彩的手绢之后觅到了答案。她在通过抽丝剥茧般的察访最后分析出财求才是那个真正玷污母亲清白之身的男人时,对这个与自己有着血缘关系的老头,心中只有愤恨;虽然已经事隔 50 多年,但她对这个不仅毁了母亲一生的幸福与安宁,也使自己成为母亲生前的最大耻辱,从而失去母亲之爱、天伦之乐的生身父亲,并无宽恕之意。财求在末雁离开藻溪后半夜里突然中风,虽经多方抢救却半身瘫痪、无法言语的生命结局,也多少与《失乐园》中撒旦最后遭到天谴而变成了蛇的惩罚类似。

如果说财求一手酿造了黄信月一生与末雁大半生"失乐园"悲剧的话,那么人到中年的末雁与侄儿百川之间的"乱伦"却又好似一出"伊甸园"喜剧,它最明显的成效是偷吃了禁果的夏娃 —— 女人身体与生命的复活。如前所述,末雁是身心处于"冻土"状态之下还乡的,此前丈夫因她"彻头彻尾的人老珠黄缺乏魅力"而与她离了婚。然而在藻溪她却遇到了按辈分属于侄辈的见多识广的百川,百川率直并带有些许野性的混合着诗人气质的个性,唤醒了末雁几十年来一直处在冬眠状态的激情和生命力。与高大健壮、目光锐利而又风流倜傥、率性而为的文化人百川相比,末雁除年龄之外,其实在对身外世界、社会变化、两性关系的认知度及其心理成熟度上都处于下风。所以,在母乡与百川的相遇,无疑是她对自己作为女人的身体、欲望及女性魅力的再度启蒙与重新体认。在百川从言语挑逗到身体接触的一再"诱惑"之下,她对于男人的心理防线开始后退,"冻土"逐渐开融化解。在得到曾向她表示好感的德国同行汉斯·克林的确切死讯后,她本已脆弱的心理防线彻底崩塌,终于成了"伊甸园"内偷吃禁果的夏娃。从女性主义的理论视角而言,值得关注的倒并不是道德伦理约束与两性情感宣泄之间的人性悖论,而是一个充满女性魅力的末雁如凤凰涅槃般的再生,对于先前导致婚姻失败的"人老珠黄缺乏魅力"理由的全面颠覆,原先的"蕴藏着万点春意"变作了春意盎然的"离离原上草"。

然而,藻溪毕竟不是伊甸园,何况亚当与夏娃偷吃禁果之后在上帝面前就有了负罪感。末雁与百川"我们是哄哄人的亲戚,其实没有任何血缘关系"的伦理遮羞布偏偏被灵灵撞破,而灵灵也恰恰是财求家族遗传基因密码的第一位发现者:"妈妈你看百川哥哥的脚指头,和你长得一样呢。"于是,末雁不仅看到了百川脚指头上长着和自己相似的凸起物,还从百川口中得知"这是遗传,我们家的人,我爷爷,我爸爸,我,都长这球玩意,还都在左脚"。在窥破母亲末雁与百川的"乱伦"秘密之后,又恰是灵灵,这个受外国教育长大的少女,祭起了装神弄鬼的大旗,搬出了已亡外祖母活灵活现的法眼,说看见"外婆就坐在门外哭",以致心中各怀鬼胎的"众人的脸都白了"。于是,犯下罪孽的,遭到了中风瘫痪的报应;误解亡母的,得到了真相大白的澄清。一切本该有的结局都有了,但复活后的夏娃——末雁却在还乡结束时,遭到了"乱伦"带来的报应:她失去了女儿灵灵的尊重与信任,母女关系出现了明显的裂痕,女儿用英文冷冷地对她说"请你别碰我",一副与母亲划清界限、老死不相往来的架势,似乎预示着又一个母女失和的"失乐园"故事的开头。

2010年7月初稿
2012—2013年修改

至情至性的人事风景
—— 陈若曦其人及其散文

一

台湾女作家陈若曦当然是以她的小说而著名并在文坛上占据一席之地的。人们提到她,总不免提起那些使她当年一举成名的最早涉猎"文革"题材的小说,如《尹县长》《耿尔在北京》等等,却鲜少提及她的散文。台湾九歌版的《中华现代文学大系》,小说卷中收入了她的《尹县长》《城里城外》,但散文卷中却找不见她的名字。这或许是因为其小说的数量超过散文,或许是由于其小说的影响力远在散文之上。其实,她的小说所取得的令人瞩目的辉煌成绩,并不能取代其散文的价值。她的散文,乃有一种比她的小说更为平易近"人"、更加朴实无华的自然之美。因为与小说相比,散文毕竟是一种既平民化又个性化的更适合自我写真的文体。在散文中,作者可以自由自在地抒写自己的经验和感受。

从二十世纪六十年代初发表于台湾《现代文学》杂志上的《张爱玲一瞥》，到1997年11月发表的《爱兰的心》，陈若曦的散文，除了那本1992年出版的以议论为主的杂感集《柏克莱传真》，基本上是以写人叙事为主的，这一点，和她的小说颇为相似。如果按照散文的三种类型（分别为叙事性、抒情性和议论性散文）来给她的散文归类的话，不难发现，纯抒情性的散文很少。在她的散文中，你几乎看不到余光中的《山缘》《春来半岛》那种如诗如画、美轮美奂的摹景状物；你也难以寻觅张晓风的《星约》《动情二章》那般神思飞扬、如歌如吟的抒情写意。我以为，这并不表明陈若曦本人不爱美景，不喜览胜，恰恰相反，自八十年代以来，她从北美数度回台湾（见《金门与金门高粱》《啊，台大！》等），访大陆（见《知识分子的朋友胡耀邦》《做客钓鱼台》等），并且上黄山、去四川、游"天堂"（杭州）、临延边，甚至逛新疆、进西藏、走内蒙、闯关东，这都是有其纪游性散文可以为证的。然而，即便是在这些以亲身游历为主的游记散文中，作者也极少单纯描绘湖光水色、山形地貌，像余光中笔下"山用半岛来抱海，海用港湾来拥山；海岸线，正是缠绵的曲线，而愈是曲折，这拥抱就愈见缠绵"（《山缘》）般情景交融的"缠绵"笔调，在陈若曦的散文中几近绝迹。这并不在于作者对于名胜佳景缺乏感受能力和艺术表现力，她自己曾这样表白："自小向往祖国山川，如今面对着名山，为友为己都不能失之交臂"（《我为楚戈描山水》）。笔者以为，她之所以在其散文中避免当一名浓墨重彩地描绘山水的工笔画师，一名口若悬河地炫耀名胜的旅行导游，乃是在于作者心目中对"人事风景"的关注和留意，远远地超过了自然景观本身！只有人世间的人，才是陈若曦最看重、最珍视的。正如她自己在散文《外双溪的故交和新识》中所说,"每走一趟,就发现个可爱可敬的人"。于是,我们在陈若曦散文中看到的一道道悲喜交集的人事风景,远比她一心一意描摹的绝妙景致多得多。

陈若曦的散文中,其实也并非全然没有借景抒情之作,比如《我为楚戈描山水》《三月金山春意闹》。但即便是在这两篇以描山水、摹春景为题目的散文中,作者也只是将山水、春景作为凸现人和事的背景而已。如前者写的是作者八十年代初游黄山的一段经历。她开宗明义地告诉读者,之所以要来黄山攀那"既窄又陡,宛如天梯"的石级,是因为"朋友楚戈为我作的山水画,一样雄伟的山脉,还多了一份浓得化不开的乡愁。正是为了印证他的画,我才来黄山"。而这位多才多艺的诗人、画家兼考古学者,作者自大学时代就与他相识相交,两个月前去台北看望他时,"他正和癌症搏斗,胜负未卜。虽然仍是顽童本色,置生死于度外,但言谈间感觉得出,耿耿于怀的是暌违卌多载的故土和亲人。一向健康硬朗的人,说病就病,而且凶险异常,人生的无常,莫此为甚!"读着这样的文句,仿佛能够触摸到作者那颗为挚友而"描山水"的沉甸甸的心。虽然"描山水"并非作者所长(如后文写她沿途碰到许多摹景写生的画家,甚至为自己不曾学画而生悔恨),但她却自觉地揣着代友返乡的使命和责任,登上了"一览众山小"的天都极顶。她说:"跨上'天上都会'的,竟非为之朝思暮想的楚戈。除了为他多瞄几眼青山,我还能做什么?"于是,面对着美不胜收的黄山风景,陈若曦并无兴奋不已的征服感,却让我们听到了她内心发出的乞愿:"我但愿台阶上站的,是我那苦恋故土大半辈子,却被活生生阻断了血缘脐带的朋友。以他的才思和顽童的心灵,对此山色,不知能谱出多少乐章——他的山水飘逸潇洒,具有动感,一幅不就是一首狂想曲吗?"

这绝非单纯的缘景抒情,而是一种肩负义不容辞的使命感和责任感的呼唤,也是融叙事、抒情和议论为一体的抒怀言志,尤其是最后一句:"三峡,你等等我朋友吧!"叫人读之揪心裂肺,潸然泪下。正是这样一种关怀人事命运远胜于风花雪月的使命感,使得陈若曦的散文处处显示出一种"入世"而非"出世"的社会参与意识,在她九十年代以后所写的散文、杂感、报道中,这种使命感和社会参与意识表现得更为强烈而激越。她的这种自觉的使命感和社会参与意识,正是当今许多津津乐道于描写一己的甜蜜或哀怨的女作家所缺乏的。

二

陈若曦的散文,虽然缺少优雅雍容的纯抒情的小品,但如果将她的散文作品分门别类的话,大体上还是可以分为叙事型、游记型、议论型、报道型和杂感型五种。其中,后三者"但求言之有物"的使命感和社会参与意识,比她当年的社会写实小说甚至有过之而无不及。因而艺术的美感往往被那些激愤的言辞、深刻的议论所掩盖(如《柏克莱传真》中的某些杂义)。但她的叙事型以及部分游记型散义却有着相当高的艺术价值,作者的个人风格和真实性情也凸现得最为鲜明。

这类散文,又可细分为记师友故旧的和写自己及家人的两种。前者有《张爱玲一瞥》《许芥昱的麻婆豆腐》《反传统的刘国松》,以及写台大原校长傅斯年的遗孀俞大彩教授的《啊,台大!》,记至情至性的友人楚戈与国画大师张大千等的《外双溪的故交和新识》,都是写得神情毕肖的记人佳作。后者有《我儿子的妈妈》《求田问舍》《我们那个年代的中学生》《报童》《夏令营·野营》等等。读这一类以记人叙事、自我写真为主的散文,一点也不像读她的小说,尤其是像读《尹县长》《任秀兰》等"文革"题材的小说那般叫人心情沉重、欲哭无泪。其中偶尔虽也有如同曹禺所说的"无声的悲痛",如《许芥昱的麻婆豆腐》中写到许氏夫妇的不幸罹难等,但更多的则是以一种生动活泼、豁达开朗和幽默风趣甚至不无婉讽自嘲的笔调,写她个人的阅历和经验,写她可爱的儿子和家庭,写她待人接物的态度和原则,写她与旧雨新知的情谊和交往,总之,毫不矫情、不加修饰地写她自己的喜怒哀乐和所感所思,因而"处处流露出真情与自我"。

值得称道的是,作者在文中对人物的刻画,往往采用着墨不多却神笔迭出的白描手法,寥寥几笔便使人物形神兼备。例如《张爱玲一瞥》对张爱玲的外形与神态的描写:

她真是瘦,乍一看,像一副架子,由细长的垂直线条构成,上面披了一层雪白的皮肤;那肤色的洁白、细致很少见,衬得她越发瘦得透明。紫红的唇膏不经意地抹过菱形的嘴唇,整个人,这是唯一令我有丰满的感觉的地方。头发没有烫,剪短了,稀稀疏疏地披在脑后,看起来清爽利落,配上削瘦的长脸蛋,颇有立体画的感觉。一对杏眼外观滞重,闭合迟缓,照射出来的眼光却是专注、锐利,她浅浅一笑时,带着羞怯,好像一个小女孩。嗯,配着那身素净的旗袍,她显得非常年轻,像个民国二十年左右学堂里的女学生。浑身焕发着一种特殊的神情,一种遥远的又熟悉的韵味,大概就是三十年代所特有的吧。

仅这"一瞥"的印象,就勾勒出一幅具有立体感的张爱玲的肖像画。而后写到张爱玲住在花莲时,因路走得多而磨破了一只脚,"她便在那只脚穿上厚厚的毛袜,另一只脚让它光着,然后,大街小巷地逛去了",更是写活了不拘小节的张爱玲!再如《反传统的刘国松》写画家刘国松身在厨房心在画的粗枝大叶:

国松体贴夫人,模华下厨,他就担任烧饭的差使。模华喜做大菜,乐得心无二用。她常常忙了半天,把菜端上桌,回头问:"国松,饭呢?"

"早好啦!"

他揭开电锅一看,米是米,水是水,泾渭分明,原来忘了插电。

这些人物的逸闻趣事,使得陈若曦的散文避免了行文的平铺直叙、枯燥乏味,犹如曲径通幽,引人入胜。这种类似小说的奇峰突起的"插曲",常常收到一种戏剧性的令人忍俊不禁的艺术效果。

三

陈若曦笔下那些以描述自我经验和家庭生活为主的散文,则更像一出轻松随意、"笑料"迭出的轻喜剧,而这轻喜剧的主人公是作者本人及其家人。给人以深刻印象的是作者及其家庭成员的那种乐天、随意、诙谐和幽默。这种诙谐和幽默，绝非故作潇洒之状，而是透过日常生活甚至家务琐事和家庭矛盾而流露出来的一种生活情趣和人生态度。大至"求田问舍"、置房卖产；小至充当"报童"，代儿投递，无一不显露出作者处事的豁达随和和做事的认真负责。前者如《求田问舍》中"吉屋廉让"后的沾沾自喜；后者如《报童》中"为了保证顾客在饭前收到报纸"，客串"报童"的作者，竟拉着远道而来的客人及其两位千金"上街帮忙派报"，这些描述都是颇显作者待人接物的个人性格和情操的。有趣的是，陈若曦在这些散文中常常给自己画像，但画出来的不是充分美化、功架十足的"艺术人像"，而是一幅幅时而自嘲、时而婉讽的"生活素描"，这使她的散文充满一种接近生活原色和性格本色的泰然自若和轻松随意。最典型的要数《我儿子的妈妈》。这篇分为上、下篇的长文，借用其儿子不无揶揄嘲谑的口吻，犹如为自己画了一帧线条夸张的"漫画"。这出"妈妈的喜剧"，上篇主要集中于数落"妈妈"所奉行的不少古板的生活、育儿准则，如"妈妈"衣着朴素到不修边幅的程度；买廉价的杂牌衣服叫儿子搭配着穿；尤其是硬要儿子咽下"又黄又黑的软状物体"（油炒莴苣叶），还说"这是原则，不能退让"，以致儿子"不但莴苣吐光，连饭都赔上，还咳得眼泪汪汪的"等细节；突出"妈妈"既固执而又可笑的日常面孔。下篇则更是嘲笑了"妈妈"身处机器普及时代，却对各种机械（如电钟、定时装置和汽车等等）无知无能，因而引发了一系列令人啼笑皆非的家庭小闹剧，让读者在开怀大乐的同时，又一次领略到一种既生动有趣又别具一格的"人事风景"。

这真是一道至情至性的人事风景，只不过其中的主角是作者本人及其家人。如果说陈若曦的小说是以写别人的故事为主,那么,在散文中,她才真正写出了她的"真情和自我"。从这个意义上来说,要真正了解、认识和研究陈若曦,不可不读她的散文。因为,在她的散文中,她把自己这个人描述得再生动、再风趣不过了。

1998年4月写于上海

"放只萤火虫在心里"
—— 我所认识的新加坡女作家尤今

一

尤今总也不显老。认识她已经二十年了,每次见她,她总是乐乐呵呵的,很快乐的样子,一笑起来,是发自内心的爽朗大笑,很有爆发力,一点儿也不遮遮掩掩。从第一次见到她,她就是这样;二十年过去,她还是这样。

第一次见到尤今,是在 1991 年秋天。那时她被称作"新加坡的三毛",在中国刚刚走红。浙江文艺出版社一下子推出了包括她的成名作《沙漠中的小白屋》在内的五本散文集。一位姓汪的女编辑陪同她来到上海签名售书,由当时的上海新华书店负责接待,安排她住在某宾馆。南通市社科院的钦鸿先生是上海人,他研究新(加坡)马(来西亚)华文文学较早,认识尤今,约我一起去见见这位新加坡家喻户晓的华文女作家。那天，也许是接待方安排的活动较多，尤今回到宾馆已是晚上快十点钟了。钦鸿先生把我介绍给她。她就笑呵呵地与我攀谈起来，一点儿都没有生分的感觉。听说我读研究生时的导师是著名文艺理论家钱谷融先生，她说她知道钱先生，很钦佩他的《论文学是人学》，有空想去拜访他老人家（后来她果真去拜访了钱先生）。然后我们又谈了些别的事情。虽然相谈甚欢，但考虑到她已劳累了一整天，明天还有活动安排，我和钦鸿先生便向她告辞。临走，她欣然与我合了影，照片我至今保留着。

再见到尤今，已是十年之后。2001年9月，重庆师范学院成立"尤今研究中心"，聘请钱谷融先生担任研究顾问并邀请他赴渝为该中心成立揭幕，我想，这恐怕正是出于尤今本人的意愿或建议，因为她说过她很佩服钱先生的文艺识见。当时我也收到了出席"尤今研究中心"揭幕仪式的邀请。主办方担心钱先生年事已高，特地关照我在旅途中对年届八旬的他多多照顾，我自是义不容辞。我陪同钱先生抵达重庆后，与尤今二度相逢。她对钱先生的到来表示了由衷的感谢。我们不仅一起出席"尤今研究中心"的揭幕仪式，还和"巴蜀怪才"魏明伦等文友一起合影留念。不过，那次尤今并没在重庆待多久，她说她在新加坡担任一所中学的全职教师，每周有许多课要讲授，所以不能久留。我想，她写了那么多书，竟然还只是一位"业余作家"。她告诉我："在新加坡当全职教师很累很累。"我问她："平时怎么写作？"她说："每天睡觉时间不超过4小时。"我惊诧不已，不由得联想起鲁迅先生的名言：时间就像海绵里的水，只要愿挤，总还是有的。

光阴荏苒，如白驹过隙，又是十年过去了。2011年冬天，在香港和广州召开"第三届世界华文旅游文学国际学术研讨会"期间,我又见到尤今。三度相见,她还是那副模样。头发修剪得短短的,收拾得清清爽爽但又有款有型。虽然在这之前,从2008年我主编的"雨虹丛书·世界华文女作家书系"约稿开始,我们就保持着电子邮件的往来,她还在2009年3月寄来了《菩萨的境界》的文字稿,但这次相聚,还是给我们带来了惊喜和快乐。她告诉我,如今她已经"退休",不再担任中学教师,所以睡眠时间多了,而且不用再为学生的事情操心。我真为她毅然"放下"教职专职写作而高兴。我们一行从香港中文大学来到暨南大学、华南理工大学,再到从化碧水湾温泉,然后一起乘上返回香港的大巴,一路上谈笑风生的尤今,无论如何也不能使人联想到她的实际年龄已届花甲。于是,我确信,有的人永远不老,因为她内心始终是快乐的。这一点,她自己也不否认。她在散文《在门外挂串风铃》中说:

> 许多人对于我长年长日都能保持心境的愉快觉得迷惑不解。问起时,我总简简单单地说道:
> "心中脑中没有阴影,生活里自然也不会有阴影。"
> 对于我来说,整个人生,实际上就是一场又一场有趣的游戏。求学、恋爱、工作、旅行、写作,通通通通全都是游戏。不论参与的是什么游戏,我都抱着"三全主义"——"全心投入、全神贯注、全力以赴",为的呵,仅仅仅仅是替每一场游戏画上一个个圆满美丽的句号。

看看,"长年长日都能保持心境的愉快"的尤今,真是人间少有的"开心果"呵!

二

尤今,本名谭幼今,1950年10月19日出生于马来西亚北部一个美丽的小镇怡保。她8岁时,随家人南迁新加坡。自此以后,长于斯,嫁于斯,在新加坡落地生根。她的父亲是位抗日英雄,尤今从小就对父亲很崇拜。她母亲出身名门,外祖父曾是殷商,但后来经商失败"使原本的金山银库变成了一堆破铜烂铁"。家道中落,使得母亲出嫁后就成了"蓬头垢面"的灰姑娘,整日围着炭炉子转,但她用"爱心"和"耐心","在捉襟见肘的困窘里,利用慧心为桌上菜肴变新花样",终于为"几个孩子铸造了香喷喷的童年和少年"(《三代炊事》)。

尤今自幼博览群书,她的文学启蒙来自家中丰富的中国古典文学藏书。小学五年级时,她的一篇《我想做个小小童话家》的作文有幸被报纸选登,从此便与写作结下了不解之缘。1972年,她考取南洋大学中文系文学士学位,并获得第一名金牌奖。翌年考取中文系第一等荣誉学位。

毕业之后,她当过图书馆员以及华文报馆的外勤记者和副刊编辑。1979年,尤今带着年幼的孩子,跟随外派到沙特阿拉伯工作的夫婿在望不到尽头的漫漫黄沙中生活了一年多。其间的甘苦,她都写进了《沙漠中的小白屋》里。该书出版后,她一举成名,不仅获得文学大奖,还被读者亲切地称为"新加坡的三毛"。与此同时,她于1981年离开报馆,转入教育界,在教育学院接受了为期一年的训练后,便在新加坡先驱初级学院担任全职教师。所以,她一直都是"业余作家"。

但这位"业余作家"的创作产量却颇令人咋舌：自1981年第一部散文集《沙漠中的小白屋》出版以来，至今已出版小说、散文、小品、游记、报告文学等135部。其中62部作品在新加坡出版，73部作品在新加坡以外出版。她还是新加坡、马来西亚和中国多家报刊的专栏作家，作品散见于中国、泰国、美国和欧洲的报刊上。她的散文作品，除了成名作《沙漠中的小白屋》，还有《缘》《奇异的经验》《生死线上的掌声》《太阳不肯回家》《浪漫之路》《方格子里的世界》《金色之门》等。进入21世纪，她出版了《黑色的稻米》《人间天堂》《枪影下的温情》《伤心的水》《风铃叮当响》《走过叛逆青春》《蛇血》《我是一尾沉默的鱼》《没有选择的选择》《会哭的海》《爱是一朵花》等。

"读万卷书，行万里路。"古人的名言正是尤今的人生写照。从1973年开始，尤今就与出国旅行结下了不解之缘。近40年来，只要一有空暇，她就会离开狮城去丈量世界，至今其足迹已踏遍了除南极以外的六大洲的80多个国家和地区。她说"背着行囊，年复一年地把足履印在一块又一块陌生的土地上，聆听故事，发掘问题，大大地开拓与丰富了我的精神世界，而他国的故事与问题，正是我们宝贵的借鉴"；而在他乡异国旅行中遇到任何不尽如人意的地方，她也"绝对不以哀叹和怨怒来'点缀'我的旅行生涯，我总觉得，心中有桃源，无处不天堂。所以，每回出门，我总随身携带两贴旅行的'万灵药'，它们是：乐天知命，随遇而安"。(《〈人间天堂〉自序》)

而且，即使是出门旅行去"玩世界"，尤今的态度之认真严谨也非一般人所能及。她从不参加旅行团，总是自己安排行程。在出发之前,她要做许多"功课":先跑到将去国家的领事馆和图书馆找寻相关资料,仔细阅读研究并做好摘录;如遇上该国人士,她会与之交谈,深入了解该国风土人情、风俗习惯、宗教信仰等,做到心中有数。在旅行途中,她也毫不偷懒懈怠,常常黎明即出发,充分利用每一分钟多看、多走,亲身体验当地人的生活状态,直到天黑才恋恋不舍地回到住处,然后将白日所见所闻、所思所想记在本子上。这一习惯即使是在亚马孙原始森林里异常艰苦的条件下仍然保持着。每个夜晚,她在简陋的茅舍里,借着蜡烛闪闪烁烁的光亮,写下一行行文字。茅舍紧挨着食人鳄鱼经常出没的亚马孙河,万籁俱寂中丛林深处不时传来猿猴的鸣叫声,令人害怕至极;原始森林里硕大的蚊子,将她的手臂叮得又红又肿,她也没有放弃。她在回答记者的提问时说:"如果我整天坐在家里写作就会脱离了社会,脱离了普通人的生活,就好像钻进了象牙之塔,那我写出来的东西就容易和读者产生隔膜。我不愿那样。我希望我的作品能和更多的人沟通,产生共鸣。""我每天写作很累,不为名不为利,只为了一份爱。"

三

收入"雨虹丛书·世界华文女作家书系"的《菩萨的境界》,全书分为四辑:第一辑"人生的隧道",第二辑"沙漠彩虹",第三辑"'四自'哲学",第四辑"圆梦的翅膀"。这些散文,大多并非描写异国风土人情和记述旅行奇闻异事的游记,而是一些看似平淡无奇却闪耀着人生的智慧与哲理以及生活的情趣与滋味的小品。从中可以看出尤今的散文取材甚广,生活中的每个细节都是她笔下可书写、可叙述、可感叹、可怜悯的创作素材。就连生活中常被弃如敝屣的豆渣，在她笔下也能化废为宝，成为"豆香满屋飘"，孩子们抢着吃的"豆渣烙饼"（《豆渣》）。

纵观尤今的散文，它们大多属于一种老少皆宜、雅俗共赏的随笔式小品。她似乎并不刻意在其散文中"卖弄"各种学识，或是追求某种"语不惊人死不休"的诗化文辞，也不哗众取宠，博人一粲。她常常闲闲道来，从家常小事说起，而后抒发自己的感动或感慨，在言简意赅的话语中凸显出生活的哲理与人生的意义。其散文往往并不拒绝被许多人不屑一顾的凡人琐事或是微不足道的家长里短，她正是喜欢从身边的琐琐碎碎中，挖掘出植根于现实生活土壤中的写作素材，积极反映人世间生活里闪烁着光亮的东西，从而通过自己的作品激发读者心灵深处对于真善美的向往和赞赏。例如《婚姻如筷子》。该篇写作者去吉隆坡出席"一项意义非凡的婚宴"的感想。年过五旬的新郎佐治本是遭受贤妻突然病逝打击的鳏夫，"整个人犹如一棵失水的植物，萎蔫萎蔫的"。他的长女珍妮是个杂志社记者，为了"让他重拾生活的乐趣"，便留意周围的"后妈"人选，终于找到了尚待字闺中的大龄剩女何玛丽，她"是杂志社的美术设计员，性格恬静而贤淑"。女儿不仅为老父再婚积极撮合，还与弟弟筹备了一场别开生面的婚宴："每位宾客在入门时都获得一张大红卡片，以丝带系着一双镶着彩色贝母的筷子，卡片里面，以毛笔龙飞凤舞地写着：'婚姻如筷子'。"作者由此引发感慨："寥寥五个字，既简单又深邃、既庄重又旖旎、既含蓄又浪漫，正是：言有尽而意无穷；看着看着，眼眶全湿。"筷子成双成对，不能落单。婚姻的寓意就在这双以丝带系着的筷子中。所以，一则老年人再婚的平凡故事，在尤今充满感情的笔下，便有了不平凡的生命意义。

她主张文学作品必须"言之有物",因而其为文从不空洞无物;她反对"文以载道",但又十分注重文学除审美功能之外还承担着的教化功能。很多时候,她往往将这二者结合在一起。例如《刹那的永恒》,开门见山即感叹:"冰雕有旷世之美。"它的美,首先来自"冰雕师傅那种'化腐朽为神奇'的意愿和'铁杵磨成针'的诚意感动了它,于是,它宽容而又包容地任他为所欲为"地在它身上精雕细凿,才使自己成为一件艺术品。在肯定冰块的献身精神之余,也赞叹冰雕师傅赋予原本既冷又硬的冰块以艺术生命。于是,"冰块的冷,全然没有了,取而代之的,是艳,是一种让人心旌动荡的艳。冰块的硬,全然消失了,取代它的,是柔,是一种任君使唤的柔。师傅点石成金,使原本'麻木不仁'的冰块有了表情,有了感情,有了生命"。

如果到此为止,也不失为一篇颂扬能工巧匠以锲而不舍的精神,鬼斧神工的技艺和慧心、爱心与耐心,创造出天地间艺术瑰宝的礼赞。然而,尤今却没有"到此为止",接下去,她说自己看冰雕,"总在击节赞赏之余,倍感惆怅",因为它只能"'活'上一个短短的冬天。大兴土木,却转瞬成空。既然生命短若朝露,值得为它如此耗神费力吗?"这疑问不仅是作者自己的,也是众多读者的。然而,冰雕师傅却毫不犹豫地回答:"将冷硬如石的冰块雕出活泼的生命,本身就是一种难得的挑战",所以,尽管春暖时节它会化为乌有,但"曾经存在,就是永恒"。这犹如佛门偈语的回答,虽然精彩,却令人难以理解,尤今还是没有"到此为止",她又提及一位学哲学的朋友的见解:

最近,一位深谙哲学的朋友谈起冰雕,有着截然不同的看法，他认为冰雕师傅其实是在实践一种"放下"的哲学。"放下"，是人生一种美丽的境界。唯有懂得在适当的时机里放下曾经有过的风光和辉煌、懂得在应该放手的时候完完全全地放下手中的一切，才能活出一种意境高远的淡泊。淡泊，不是退隐淡出的消极，而是洞悉世情的豁然；而放下，既不是忘记，更不是放弃。人生，唯有不停地创造、放下；放下、再创造，才能攀登一个又一个高峰，也才能顺心合意地活出自己的精彩。

这早已不仅仅是在解释冰雕师傅"曾经存在，就是永恒"的深刻寓意，"唯有懂得在适当的时机里放下曾经有过的风光和辉煌、懂得在应该放手的时候完完全全地放下手中的一切，才能活出一种意境高远的淡泊。"这样语重心长的话语，不正是作者在向读者传达她的人生哲学和生命感悟吗？

如今已"退休"的尤今，正是这样实践着她的"放下"哲学的："放下，既不是忘记，更不是放弃"。她既攀登了一个又一个的辉煌高峰，也顺心合意地活出了自己的精彩。她的心依然跟明镜似的，因为，她早就"放只萤火虫在心里"，既点亮了自己，也照耀着他人。

2011 年 12 月写于香港

"艺术家只能听命于美神"
——旅法女作家吕大明及其散文

一

最初知晓旅法华文女作家吕大明,是在1995年。当时,已在台湾出版过多部散文集且在海外华文文坛闻名遐迩的吕大明,在大陆还未有散文集问世。此后,她的三部散文集《流过记忆》《伏尔加河之梦》《尘世的火烛》陆续在大陆付梓,却未能引起文坛重视。这使我颇为这位以"艺术家命中注定只能受雇于美神"自勉、"依然向往一种优美的意致"的女散文家及其美文感到不平。

吕大明,1947年12月21日生于福建省南安县,出生后不久即被家人带去台湾。她在台湾的青山绿水中汲取日月精华与文艺营养,从父母那里获得克己礼让、谦和善良与浪漫唯美、温文尔雅的熏陶。多年后,吕大明深情回忆道:"在文学创作中,文学界诸大师都是我的典范师表，但最早最初的启蒙老师却是我的慈母。"（《人间最后的旅程》）在这样一个温情脉脉并充满文学艺术氛围的家庭中长大的吕大明，"终究能守在文学的象牙塔里，玩赏珠圆玉润的字句"（《繁华如梦鸟惊心》）。她从少女时期便开始受到缪斯女神的青睐。她加入了名师荟萃的耕莘文教院青年写作班，很快崭露头角。1966年，正在台湾艺术专科学校就读的她，以散文《秋山，秋意》获耕莘文教院写作比赛散文组亚军，并获得了评审之一、散文名家张秀亚的欣赏。1968年，她的第一部散文集《这一代的弦音》，由张秀亚作序出版。不久，此集即荣获台湾幼狮文艺文学奖首奖。大学毕业后，吕大明历任台湾光启社节目部编审和台湾电视公司编剧，先后编写过《孔雀东南飞》等广播电视剧200多部。然而强烈的求知欲望使她渴望翱翔于新的文学天地。二十世纪七十年代中期，为了研习博大精深的西方文学艺术，也为了追求心仪已久的美丽梦想，她远赴欧洲，入英国牛津大学高等教育中心研修。1977年进入英国利物浦大学，并于七十年代末获得硕士学位。后来又就读巴黎大学博士研究班。此时，具有深厚中国古典文学底蕴的她如鱼得水，写下了大量融合中西文化、出入古今中外文学艺术的散文佳作，出版了散文集《大地颂》《英伦随笔》《写在秋风里》《来我家喝杯茶》《南十字星座》《寻找希望的天空》《冬天黄昏的风笛》《几何缘三角情》《流过记忆》《伏尔加河之梦》《尘世的火烛》等。

二

吕大明在众多文学体裁中独擅散文。她编过许多剧本，也写小说,然而我总觉得她具有抒情的、唯美的、天然带有某种敏感与伤感的艺术家气质,是创作散文的最佳人选。比起其他文学体裁来,散文是最需要自在的心态、率性而为的真性情与优美典雅的文字表述的。比如我最早读到的其散文《来我家喝杯茶》。这篇堪称"文化散文"的作品,先从"在西欧人中要数英国人最讲究喝茶"说起,细数茶宴乃是古代贵族的"社交的一课",出席者无不衣冠楚楚,彬彬有礼,"一举手一投足都要合乎优雅,摇起头来可不能摇得像拨浪鼓,话题可得不温不火,嗓门可别高,就是要打一个喷嚏,也得先来一声道歉,坐在身旁的人也别忘了回他一句'上帝祝福'这一类的话"。首段便将英国人"喝茶文化"的悠久传统、英国贵族"茶宴"的繁文缛节及其上流社会人与人之间刻板、客套、虚应的文化特征凸显出来,形象生动。

接着,作者提到英国女作家盖斯凯尔夫人的小说《克兰福镇》里描写福雷斯特夫人举行一个结婚纪念日的茶宴,正患伤风感冒的玛蒂小姐就被派坐着敞门的轿子前去赴宴的场景,评论说:"她描写这段参加茶宴所乘坐的轿子,就让人想到古代中国豪门坐轿代步的情景。"犹如电影中突然出现了蒙太奇回闪镜头,坐在轿里的英国小姐变成了中国的达官贵人。接下来又从社交礼节引申到意大利作家薄伽丘的《十日谈》:"那时期社交是当成一种艺术,他们先选定一处风景优美的乡野,来一次这样的'雅聚':清晨漫步山林,谈论哲学,然后吃早餐,听曲。早餐后在大树下朗读诗篇,傍晚则聚于泉水畔,由每人讲一个故事。到了晚餐,真正生动、丰采而格调高雅的话题就正式开场了……"文艺复兴时期意大利人浪漫潇洒、风流倜傥的社交艺术与正襟危坐、刻板拘谨的英国式茶宴成了鲜明对照。然后,由意大利人将"社交当成一种艺术"又联想起中国古代的杭州茶肆:"在宋代钱塘吴自牧的笔记小品《梦粱录》里，读到他笔下所描写的杭州茶肆，都是十分讲究气氛情调的，店里必插四时花，挂名人画，一年四季俱应奇茶异汤，譬如冬月的七宝擂茶、馓子、葱茶……暑天的雪泡梅花酒……而读到《陶庵梦忆》，张岱在文中提到'松梦'的茶，先不去想那如山窗初曙、透纸黎光的茶色，单揣想这茶名'松梦'二字就觉得唇齿留香了。"

这时，你就会发现作者不仅仅只是在品味中华茶文化的精致考究、典雅写意，描写中国文人雅士"讲究气氛情调"，而是在看似闲闲的笔致中，做了一番西洋人与国人在喝茶及社交中审美趣味、民族性格和文化差异的比较。茶肆及其环境的精致考究虽令国人骄傲，现代英国人的下午茶也不无其文化雅韵。独身女子葛丽斯"热爱中国文化"，她家的茶宴成了炫耀并卖弄其中国文化学识的越洋展览厅："英国人并不懂牡丹，但英国牡丹因拜气候之赐开得特别美。葛丽斯不但懂牡丹，她园中的牡丹都是有典故的，这些典故都藏在她灵活的脑中，如石曼卿的'独步性兼吴苑艳'，如李山甫'一片异香天上来'……这些中国人吟咏牡丹的诗句，她都能脱口而出。到葛丽斯家喝茶可不轻松，她不但中国话讲得流利，喜爱中国文物，而且中国书籍读得也多，有一回她以屈原《天问》中，'鳌戴山抃'的典故问我，一时竟让我语塞，那是来自《列子·汤问》的神话。话说东海有岱舆、员峤、方壶、瀛洲、蓬莱五座仙山，天帝命令禹强神让十五只巨鳌载负这东海五座仙山游动的典故。我自问曾在'屈赋'上下过功夫，写过专论发表于《亚欧评论》，而且也以屈原的故事编成舞台剧，可是当时我竟记不得这个'屈赋'的典，为此我再也不能以学有专精自我解嘲，回家后闭门读'屈赋'，而深叹学海无涯。"

读到这里，你就品出《来我家喝杯茶》端上来的不是寡淡无味的白开水，也非甜得腻人的可口可乐，它是融汇东西，贯通中外，自由汲取东西方博大精深的文化源泉，并采撷了中外文学典籍中的奇花异草而浸泡出来的香茗。葛丽斯女士家的下午茶，喝出了东西文化的融汇交流，也喝出了中华儿女对于守护中华文化遗产并发扬光大所肩负的使命。读了这篇《来我家喝杯茶》，还有哪位中华儿女能不"热爱中国文化"？

三

从此，我便对吕大明的散文情有独钟。2009年，我与时任宁夏人民出版社副社长的校友哈若蕙女士商定策划出版一套"雨虹丛书·世界华文女作家书系"，由我负责挑选作者与篇目。于是，吕大明等海外华文文坛知名女作家就成了我圈定的第一批作者。不久，我与远在法国巴黎郊区凡尔赛小城的吕大明女士取得了联系。那一段时日，她经常打来电话，我们一聊起来就是个把钟头，讨论的话题最多的是当今社会为何对"美文"显得疏离。我知道她崇拜"美"，眷恋"美"，为了追求"美"的文学艺术，她甚至愿意放弃一切物质享受。在《我的生活艺术》中她承认："我生性爱美，醉心于一切美的事物，在《游园》《绝美三帖》《散步，在美的领域中》《美的尺度》等文章里也多少发抒了我对审美的看法，对美的寻根溯源，与对美近于悱恻般的爱恋。"她在散文中侃侃而谈"女人与美""大自然与美""文学艺术与美""服饰与美""风度谈吐与美"(《美的尺度》)，写"有月光的晚上"之幽美、"三生石与'情'和'缘'"之凄美、"春天不久留"之朦胧美(《绝美三帖》)……总之,都离不开"美"。而在当下,像这样一门心思赞颂"美"、一心想留住"美"的散文,是越来越少见了。这也是我首先想把她的散文收入"雨虹丛书"的原因所在。

吕大明的散文不仅是一种将学识、典籍、文学、异域风情和人文关怀融为一体的文化散文,更是一种充满诗意和美感的名副其实的艺术性散文。艺术贵在创新。没有创造便没有艺术的生命。文风千篇一律、通篇套话堆砌的散文令人生厌。笔者以为,吕大明的散文以其别具一格的艺术风貌与独特格局,创造了中华当代散文的一种美文"新体"。吕大明对于古今中外文学名家及其经典作品的熟稔,为许多从事文学创作与研究者所惊叹。在当今海外华文文坛上,通晓一两门外语并能用汉语以外的文字写作的作者也许并不少见,但像吕大明这样在其散文中能显示学贯中西的文化修养与广博学识、能自由出入古今中外文学典籍的女作家,实不多见。翻开她的散文,不经意之间你就会发现她在散文中提及的中西文学经典作品及其作者数不胜数,这样浓郁的"书卷气"在当今女性散文中实属罕见。她说:"书是我的大千世界,它们囊括天地间的智慧。"(《花样年华寂寞斗室》)除此之外,她还深深陶醉于西方的艺术大师及其佳作,她在散文中提及著名音乐家(如莫扎特、布拉姆斯等)、雕塑家(如米开朗基罗、罗丹等)、画家(如波提切利、莫奈、梵高等)时,无不如数家珍。

文学与艺术本是一对孪生姐妹,两者的精神往往同气相求。在欧陆(从英伦到法兰西)已经生活了30余年的吕大明,在其创作中借鉴了西方艺术,从而创造出一种崭新的散文体式与格局,也就并不令人惊讶了。比如,她的许多散文与我们司空见惯的"一题一作"的散文,即一个标题下面只有单篇文章不同,常常是"一题多作",即一个总标题下有三四个或更多的平行小标题,既独立成篇,又总是围绕总标题,如同西方交响乐中主部主题和副部主题的呈示,又好似印象派画作的"点彩法"多点透视。她擅长在散文中从不同事例、不同国度、不同典籍、不同人物多侧面、多角度展开叙述和对比,而万变不离其宗旨,形成一种类似"复调小说"式的"复调"或"多调"体交互散文。如1997年创作的《爱情实验室》,其中有四个小标题,分别为四篇独立的小故事:《惊艳》讲述邻居法国小伙狄昆从待恋、热恋再到失恋的外形与心情的明显变化,反映当今不少巴黎佳人坚持独身主义而给男人带来的爱情苦恼。重新恢复昔日落魄艺术家形象的狄昆告诉作者:"她不愿为我放弃单身贵族的雅号,她一直是她社交圈子里一颗闪亮的星……"当今巴黎单身女人的婚恋观如同她们艳光照人的外表、长袖善舞的能力那样,着实让人"惊艳"。《戏法》讲述作者在广场散步时偶遇一群年轻流浪汉,其中之一向她索要"纪念品",作者解下身上唯一佩戴的鸟形羽毛胸针递给他。流浪汉向她讲述了自毁爱情的悔恨:"世间只有爱情不能当江湖中玩的戏法,但我一直在玩那样的戏法……"自食苦果的流浪汉,让人怜悯同情也叫人哭笑不得。《告别的弥撒》中的贝对于已分手的男友尼古拉仍难以割舍,如同去礼拜堂做弥撒一般,一再重复她与尼古拉的爱情故事,他们曾拥有过去威尼斯度蜜月的梦想:"去爬一段白色大理石的扶梯,一段爱情之梯……"然而现实却是:"不管多少次会面,最后都要举行一个告别仪式,两人挥挥手像各自单独在宇宙运行的星星。"《幕落》则将前面三则分分合合的婚恋悲剧化成了凯与薇的婚宴喜帖,"十年的马拉松爱情,充满了温馨的情节","我们都盛装准备赴宴,也在心里为那个美好时辰祝福"。至此,人间的"爱情实验室",虽然落下了帷幕，但带给读者的关于爱情与人生的深刻启示却如涓涓溪流，仍然在心中流淌，正如在《惊艳》的结尾处作者的呼问："世间是否有所谓永恒的爱情之泉供人啜饮？"

　　类似的艺术结构，在吕大明的散文中俯拾皆是。可以说，有的人写散文是尽量做减法，"简化"意象与文学特性；而吕大明写散文却要做加法，使其中的意象繁复，语言诗化，情节小说化。当然，如同"爱情实验室"一般，她也在不断进行着散文结构乃至风格的创新与实验。有评论者把她的散文结构称为"场结构"，虽然不无道理，但我以为，吕大明的这种散文文体结构，还是她本人独创的。它至少打破了"一事一议"和"一题一义"的小散文的格局，而把散文变成了"一事多议"和"一题多义"的艺术新体式，自由挥洒、随意率性、不拘一格，犹如中国元宵等节庆时挂着的走马灯，灯内点着蜡烛，烛光将画影投射在四周灯屏上，轮轴转动中图像不断更新。不同的画面有着不同的景致，而整合起来就是一幅多层次、多元化的立体画卷。待转过一面，又是一幅好景致。

2011 年 11 月写于香港浸会大学讲学期间

缪斯赐予的典雅与睿智
—— 我与菲律宾华文女诗人谢馨的诗缘

> 隐藏于冰山下的潜意识展现于陆地
> 当视野驰骋　能否唤醒你遥远
> 遥远的记忆　如此开放式的
> 裸裎　将梦的虚幻与神秘
> 坦然地显示于你眼前：
> 以一列支离纵横的豪迈
> 以一影冷峻傲然的侠骨
>
> —— 谢馨《大峡谷》

读着如此苍迈冷峭而又雄健奇丽的诗句，如果不注明其作者性别的话，你或许不会想到，它竟出自一位菲律宾华文女诗人之手。这位女诗人名叫谢馨，生于上海，长于台湾，如今定居于千岛之国菲律宾。2001年5月,在由菲律宾华文作家协会和福建省台港澳暨海外华文文学研究会主办的"首届菲华文学研讨会"期间,我与这位近年来在菲律宾华文文坛以及海外华文文学界声誉鹊起的菲华女诗人相识相聚于榕树的故乡——福州。

从《波斯猫》到《石林静坐》

见识谢馨,只觉三"奇"。一奇,是她的"根"。她告诉我:她的老家在上海浦东,属于"滴滴呱呱正宗我伲上海本地人"(上海是一座典型的移民城市,浦东一带属于老上海的"本帮")。先前我只知道她生于上海,却万万没想到如今菲律宾华文诗坛上竟活跃着一位"我伲上海浦东人"。二奇,是她的声。谢馨长得颀长纤细,是典型的江南女子那种柔情似水般的瘦弱,很自然令人联想起《红楼梦》中那位才情一流而又体格孱弱的林黛玉。然而,她却有一副响亮而富有音乐质感的好嗓子。研讨会期间,谢馨担任一场专题研讨会的主持人,她一开口,那字正腔圆、抑扬顿挫的标准普通话,一下子便征服了全场听众。后来她告诉我,多年前她曾经在广播公司做过播音员。难怪她的发音显得如此训练有素,磁性十足。三奇,自然是她的诗了。

比起豆蔻年华即扬名诗坛的早熟才女来,谢馨并非早慧的宁馨儿,她甚至颇有些大器晚成的况味。她1982年才开始尝试写诗,但这位被缪斯女神赐予灵感与才情的"后起之秀",起步不久就成为令诗歌王国瞩目的天之骄女:她的诗作四度入选台湾年度诗选,其诗之英译又三度获选菲律宾每月最佳诗作。1991年9月,她应邀赴美国参加爱荷华大学国际作家写作班。同年,她一口气出版了两部诗集:《波斯猫》与《说给花听》。2000年又出版了第三部诗集《石林静坐》。在诗歌极不景气的今日,如此佳绩,令人不能不对她刮目相看。正如台湾著名诗人罗门所论:"谢馨是一位生活体验深广,具有才情以及美的意念,理念玄想深思与激情的诗人;同时由于创作题材的层面广,观察力的敏锐,思考力的强度,想象力的丰富与多变性;加上她能以开放与热情的心胸,面对世界,包容一切,使古、今、中、外、大自然与都市的时空领域,以及男女情感阴、柔、阳、刚之两极化,打破界限,融入她自由创作的心境,形成她随心所欲、随兴而发、随意而为、无所不能的诗风。在诗中,她既能流露柔情蜜意,又能展露豪情逸意;既能发挥强烈的感性,又能表现冷静的知性与心智,熔合'古典'与'浪漫'精神于一炉,使诗情诗思能向外向内发射出繁复与多姿多彩的光能。"出自诗坛资深内行的罗门先生的这番话,对谢馨其人其诗的评价真是既鞭辟入里而又恰如其分。

"想中国"与"东方旖旎的经纬"

作为海外华文文学的基本题材和重要主题之一,乡愁、乡恋、乡思、乡情的描摹与抒发,似乎已成为海外华文作家无法回避、挥之不去的一种情结,甚至可以说,成了萦绕不绝、绵绵不尽的一种传统。谢馨自然也无法撇开这一传统,挣脱这一情结,例如在《王彬街》中,她把"想中国"的内心情感抒发得淋漓尽致:

王彬街在中国城
我每次想中国

就去王彬街

去王彬街买一帖祖传
标本兼治的中药
医治我根深蒂固的怀乡病
去王彬街购一盒广告
清心降火的柠檬露
消除我国仇家恨的愤怒

去王彬街吃一顿中国菜
一双筷子比一支笔杆儿
更能挑起悠久的历史
去王彬街喝一盅乌龙茶
一杯清茶较几滴蓝墨水
更能冲出长远的文化

去王彬街读杂乱的中国字招牌
去王彬街看陌生的中国人脸孔
去王彬街听靡靡的中国流行歌
去王彬街踏肮脏的中国式街道

我每次想中国
就去王彬街
王彬街在中国城

中国城不在中国
中国城不是中国

这首诗中,作者选取了"中药/怀乡病""柠檬露/消愤解愁""筷子/悠久历史""乌龙茶/长远文化"等具有最显著中国意蕴的一系列意象组合,将唐人街上司空见惯的中国特产与海外华人"根深蒂固"的乡愁情结扭结在一起,赋予普通的物象以深刻的中华情愫与文化内涵,乡愁乡思中更显示出构思的不凡和主题的深邃。

或许正是由于谢馨的"大器晚成"为她的诗作提供了丰富的人生阅历与殷实的生活底蕴以及成熟的诗文积累,与那些青春得意的少年诗人狂放不羁而又不免浅薄单调地鄙视传统截然不同,她的诗,常常对传统题材推陈出新而显示出超凡脱俗的想象力与阴柔雅致的古典美,例如那首令人啧啧称道的《丝绵被》:

当然我无意
重复抽丝
剥茧的过程:由蛹
至蝶,追溯至
老庄底梦境

我只延着丝路,寻觅
温柔乡
的位置:彩绣的
地图,在被面

勾勒出东方
旖旎的经纬。织锦的
罗盘,由纤细的花针
指向古典
琴瑟的一丝一弦

点燃一支红烛,低吟
一首蓝田
种玉的晦涩诗篇
啊！温柔乡
云深,雾重
虚无缥缈如芙蓉帐
闭上眼,依稀听见
春水暖暖
自枕畔流过……

由一床中国家庭常用的丝绵被,而引申出与丝相关的一系列极富古典韵味的瑰丽意象组合：抽丝剥茧、金蛹化蝶、丝路花雨、手绣彩图、东方经纬、琴瑟丝弦,再联结起红烛摇影、蓝田美玉、芙蓉帐暖、春水流枕。其中镶嵌着"庄周化蝶""蓝田日暖玉生烟"（李商隐诗）、"芙蓉帐暖度春宵"（白居易诗）三个典故。全诗不着一个"情"字,却由丝的柔软质感衍化成对柔情缱绻、两情相悦的美好姻缘的赞叹。情感流露与表达方式都是古典式含蓄蕴藉、温婉内敛的,而非直抒胸臆、浅显直露,完美地体现了"温柔敦厚"的诗教原则,给人以一种浓郁的典雅婉约的审美享受。在《柳眉》《点绛唇》《古瓷》等诗作中，也不难看出作者类似"丝绵被"式化腐朽为神奇的顺"理"（纹理）成"章"（华章）的精巧构思与古典雅韵。

"现代的忧郁"与"HALO HALO"

"熔合'古典'与'浪漫'精神于一炉"，谢馨这种对古典诗文传统的倾心、对含蓄典雅而又不失浪漫绮丽的诗歌意象的注重，织成了其诗中十分突出的"东方旖旎"的文化经纬。古典传统，表现在谢馨笔下，实际上包含着两个侧面：一是文化象征，二是历史见证。像《王彬街》《丝绵被》《柳眉》等诗中出现的中药、柠檬露、筷子、乌龙茶以及丝绵被、柳（公权）体等这些与"中国"相关的物象，在某种意义上，只是一种中国特有的文化象征，其中当然也有历史，但还不是历史兴亡的见证。在《华侨义山》中，作者开始从"叶落归根"的传统思维模式中跳脱出来，其中自然有对"终老不得归乡的幽灵"的文化上的慰藉："在海外　再没有比这块土地更能接近中国／在异域　再没有比这座墓园更能象征天堂／在这里　华裔子孙得以保留他们血脉的根／在今日　炎黄世胄得以维系他们亲族的情"，但更重要的，却是对于这些"流落异地的游魄"的生命作一历史见证："他们曾经过着白手起家　胼手胝足的日子／他们曾经尝遍漂洋过海　历尽风浪的磨难／他们曾经忍受千辛万苦　创业维艰的磨难"。这种对于历史追溯的兴趣，使得作者同样关注世界上其他民族的文化历史、风土人情和生活习俗，这也较为符合作者常到世界各地旅游观光的旅人身份。因此，我们在谢馨的诗作中，看到了粗犷原始的《大峡谷》，清纯明丽的《初抵爱荷华》，古色古香的《西班牙俱乐部》，风情万种的《新奥尔良记诗》，如梦如幻的《新加坡印象》，还有那多姿多彩的"新英伦纪诗"、别具一格的"游澳诗抄"。在这些"纪游诗"中，谢馨并未只是停留在猎奇观光的表层，而是表现出她对异国文化历史进行探究的浓厚兴趣以及由此生发的感慨万千。例如她在《新奥尔良记诗·后记》中写道："路（易西安娜）州充满历史及种族特色，曾受到西班牙及法国多年统辖。一八〇一年拿破仑再度自西人手中夺回路州所有权，但直到一八〇三年，路州被出售，归入美国版图的前二十天，当地人对此项易主之事，竟全无知晓。"因而她在诗中不无激愤地记下了被历史掩盖的一桩"越洋交易"：

    封圣的颁布令则是二十世纪
    二十年代的事了　那时
    黑奴贩卖市场亦经关闭
    另一种性质的越洋交易更扑朔
    迷离　藏娇三年的韵事
    不只涉及奥良女郎
    被风流拿破仑
    抛售的后宫三千也包括了整个
    路易西安娜的南方佳丽

  作者由美国联邦政府档案里储存有一张奥尔良女郎的神秘照片的"传言"而"考证"出当年路州存在贩卖女子的"越洋交易"的史实，而正是有这样的历史存在，所以来此观光的诗人敏锐地感觉到：

"蓝调爵士演奏出／现代的忧郁／白色木兰花细诉着／身世的沧桑"。这首诗充分表明,作者并非一名纯粹走马观花的观光客,她表现出了对于异族文化历史和人的命运的极大关注与记录热情。

生于上海,长于台湾,而后定居于较早西化的菲律宾,多种不同的文化底蕴与生活经纬,使谢馨对于菲律宾本土文化特征及其历史沧桑的关注与描述,自然更具莫大激情和浓厚兴趣:她在第三本诗集《石林静坐》的第一辑收录了12首"有关菲律宾的人、地、事、物"的诗,并将其命名为"菲岛记情"。与表现中国文化历史时的典雅委婉不同,她对于菲律宾文化历史的描绘,更注重其多元性与驳杂感。正如她那首有名的《HALO HALO》中所言,"也是象征一种多元性的／文化背景——不同的／语言、迥异的风俗习惯、宗教信仰／和生活方式……像各色人种／聚集的大都市,充满了神秘／复杂的迷人气息"。

"超级市场"与"故乡菜园的芬芳"

谢馨在描绘菲国的人文历史时,将现代意识和哲学思考融入其中,使作品显示出一种刚柔相济、"软硬"并蓄的特点。例如"菲岛记情"中三首有关菲国女性形象的诗中,既有对已成为上流社会贤妻良母式的淑女典型的优雅娴静气质的认同(《玛莉亚·克拉芮》);也有对历史上"巾帼不让须眉"的民族女英雄坚贞不屈的精神的赞颂(《席朗女将军》);还有对现实中耄耋之年仍庇护、照应了许多爱国志士的菲国老奶奶达观开朗的性格的崇敬(《苏瑞姥姥》)。有意思的是,谢馨在对她们的气质、品格表示钦佩的同时,又站在现代人的立场上对历史文化现象进行了深刻反思,如《席朗女将军》选取了已成为马尼拉城市雕像的民族女英雄对亡夫的内心独白的视角,来阐发作者对"生命／死亡""杀戮／和平""伟人／凡人""荣耀／寂寞"等现代哲学命题的解读:

今天　他们视我
为妇女解放运动的表征
他们说我是菲律宾的圣女贞德
他们将我挥刀跃马的形象停格
在全国最繁华的商业中心——
无数的车辆在我身旁穿梭
来往　但是杰哥
我是多么思念　与你并肩
驰骋的欢畅　邻近的
半岛和洲际　是两座现代所谓
五星级的旅社　那么杰哥
我们维干　甜蜜的故居和家园
应该是
整片闪耀的星空了

在这里,"昔日／今日""历史／现实"的现代意义,似乎变成了现实对于历史的反讽与不敬。或许,菲律宾的历史与现实,传统与现代,就是这样交织着定格于繁华商业中心的一座城市雕像上,既供人观光又令人深思。而在《苏瑞姥姥》中,作者则将一位有着光荣历史的老奶奶的事迹,归作了启迪人生的哲理:"在生命中　如果有那么一个/时刻　你突然面对/发挥人性尊严与勇气的机会/你突然发现一种狂涛/闪电的力量　一种迈向自我/灵魂的完整与理想　你千万/千万不要犹豫　不要退缩　不要/畏惧　不论/你是八十四岁或是九十一岁的/高龄/高龄不是借口"。或许,对于现代人而言,德高望重的现代人苏瑞要比供人瞻仰的历史英雄更具有亲和力与楷模性。

　　谢馨的现代意识和哲学思想的演绎还体现在,对于一些为常人司空见惯而又浑然不觉的东西,例如电梯、机场、时装表演、超级市场、旋转门,甚至椅子、镭射唱片、铁轨、脱衣舞等这些现代都市中并无诗意可言的物象(这些物象都是她的诗题),她也能挖掘出它们背后隐藏的深层文化意蕴及其"理"趣和"情"趣来。例如《电梯》:"水银柱般/上上　下下/上　下/下/上/高楼的体温/比女人的/心/更难伺候//七楼　三楼　二楼　九楼/充满阶级斗争的动荡/和不安";"水银柱般/升　降/起　落/高楼的血压/比天气的/善变/更难预测",电梯成了观察现代城市脉搏的血压计。再如《机场》:"岂可将我比作放风筝的孩子/望眼看尽多少人生聚散/胸臆纳几许世间往返/可以汇成一条河啊/那些离人的泪/可以震撼一座山啊/那些归人的笑",机场成了吞吐人生悲欢离合的起点与终点。还有《电视》:"恐怖分子正劫持一架满载/乘客的七四七/啊!多么华丽庄严的皇室/婚礼。五国元首共同签署/一项反核武器协议书。你突然/站了起来,伸个/懒腰到厨房去/喝杯水",电视使公众人物与观众"零距离"接触,让原本沉重庄严的事情变得荒诞可笑。更有《超级市场》:"对着沙丁鱼罐头的标价想起潮水的上涨/曾淹没了多少城池,冲断了多少桥梁/在番茄酱的瓶盖上回忆/故乡菜园的芬芳/城隍庙前赶集的热闹,有一年/坐着牛车,颠簸了五里路/去买一件花衣裳",超级市场容纳了人的"需求和欲望",也成为当今物价指数的晴雨表和思乡怀旧的触媒。这里,我们在谢馨充满现代性和幽默感的都市诗中,又一次看到了她难舍难离的"想中国"的故土情结,表明她的现代意识中依然留存着对中华传统的依恋和珍视。

熔合古典与浪漫精神于一炉,汇聚传统与现代意识于一体,这就是谢馨及其诗作给予菲华文坛,乃至整个世界华文文学界的某种非同一般的启示。

2002年7月初稿于上海

2010年5月修改

幽默是人生的"润滑剂"
—— 美华女作家吴玲瑶及其散文

一

与美国华文女作家吴玲瑶的相识相交,说来话长。

第一次见到吴玲瑶,是 2004 年 9 月下旬在山东大学威海分校举办的"第十三届世界华文文学国际学术研讨会"上。在报告厅里,一位个头不高、特征却十分鲜明的女士笑眯眯地递过来一张名片,一看就令人哑然失笑:名片上左边印着一个十分夸张的卡通头像,圆圆的脸上架着一副硕大无比的眼镜,看上去活脱脱一个"樱桃小丸子";右边印着"吴玲瑶"几个字,头衔则用繁体楷书写着"北加州华文作家协会会长"和"北加州北一女校友会创办人"。细看眼前的真人,只见她一头短发根根竖起呈爆炸状,长着一张和颜悦色的娃娃脸,除了没戴眼镜,几乎就是名片上那夸张头像的立体翻版。目光从头移到脚,只见她一双脚赤裸裸地袒露在凉鞋里,十只脚趾上涂着鲜红的蔻丹。这凉鞋后跟没搭襻,属于那种女士穿着不算是拖鞋而男士穿着进不了重要场合的凉拖,令我好生惊奇。一是那时地处渤海湾的威海虽还未到"天凉好个秋",但夏日的炎热已尽失其威,会场里更是冷气飕飕叫人寒从脚底生;二是出席研讨会的大多数代表,皆衣冠楚楚,鞋履庄严,很少见到袒露脚趾的"赤足大仙",而她却坦坦荡荡地我行我素。后来,我在白舒荣女士的《笔到之处笑声追》中看到了对于吴玲瑶一年四季赤裸双脚的描写:"三四月间的京城,乍暖还寒,她的衣着还算严密保暖,唯独一双脚赤裸裸,登着晶莹闪光的露趾凉鞋,趾甲盖涂得红艳欲滴。这种炎炎夏日才见得到的景象,看得我浑身凉飕飕的。此后每次与她相聚,无论气温做何状态,衣服会紧跟冷暖,唯独一双脚,寸缕不沾,总是大无畏地光天化日着。"从她的头和足,足见吴玲瑶与众不同的个性。虽然那时我和她并没时间深入交谈,但这位在大庭广众下蓬首裸足的特立独行的女士,给我留下了很深的印象。

再见吴玲瑶,已是两年之后。2006年9月,海外华文女作家协会第九届双年会在上海举行。在那次海内外华文女作家的上海盛会上,我不仅见到了相识多年的赵淑侠、赵淑敏、丛甦等多位海外华文文坛名宿,而且与吴玲瑶、施雨等两年前结识的华文文学新文友再度相聚。令我喜出望外的是,从快人快语的玲瑶女士那里我得知了当年的大学同窗、后定居美国硅谷的好友张菊如的近况。正是在这届大会上,从海外华文女作家协会最初成立时就已为之效力、堪称元老的吴玲瑶,被推举为副会长,并将承担操办海外华文女作家协会第十届双年会的重任。

又过了一年多,2008年2月的一天,便接到了身为海外华文女作家2008双年会筹备会主席的吴玲瑶发来的书面邀请函,她邀请我赴美出席海外华文女作家协会成立20周年的第十届双年会并担任大会嘉宾。她在邀请函中特别强调,"这个会议特别有意义,是作家们互相切磋琢磨以文会友的好机会",并将这届"特别有意义"的大会的主题定为"亭亭玉立二十年,欢庆女性书写成就"。以"幽默"著称的吴玲瑶,一旦严肃认真地做事,也是不开任何玩笑的。我当然立即回复表示将欣然赴会。在此后的电邮和信函往来中,便也进一步了解了她诚恳为人和认真行事的风格。

那年9月,我们一行人搭乘美国联合航空公司的波音客机赴美。在纽约、费城、华盛顿、水牛城等美国东部考察了一圈,然后赴拉斯维加斯出席9月15日在Bally's宾馆举行的海外华文女作家协会第十届双年会。一进入会场,来自世界各地的华文女作家们就已济济一堂,欢声笑语扑面而来,使人感受到"宾至如归"的温馨和周到。世上向来没有免费的午餐,在美国尤其如此,做任何事情都得亲力亲为,请人帮忙要按时间付酬。其时恰逢世界"金融危机"爆发,美国经济元气大伤。作为筹委会主席,已将"筹备工作整整做了两年"的吴玲瑶,为了租借会议场地独自捐资5000美元。但她无怨无悔,在人手一册的印制精美的会议手册"前言"中,她说:"由我接下承办2008年大会重任,这些日子以来心头无时不萦绕着办会的事,一直为此忙着,数千小时的投入,数不清的E-mail来往,就是希望能有个温馨周到有意义的会,让大家留下美好的回忆,为文学许下更美好的愿景。"

给来宾们留下深刻印象的还有,这届大会处处体现了"细节决定成功"的魅力:印有"海外华文女作家协会第十届大会"字样的文件书包是特别定制的,美丽鲜艳的Polo衫上缀着OCWWA(海外华文女作家协会的英文缩写)的会徽标志,挂在胸前的来宾卡以及钥匙扣的绳带上印着OCWWA的网址,这些既实用而又有纪念意义的小物品,无一不显示出承办者既有家庭主妇的能干、实惠、周到和熨帖,又有男子般的干练、理智、有序和大气。尤其是会议结束前,屏幕上播映OCWWA成立20周年纪念影片,在浓浓的怀旧氛围和情调中,闪现出我和已加入海外华文女作家协会的同窗好友张菊如大学时代在丽娃河畔茵茵草地上的合影,令我热泪盈眶,不能不佩服主办者心细如发的精心安排。我们看到了吴玲瑶与名片上夸张的卡通头像和不论何时何地都大大咧咧赤裸双足的形象不同的另一面:聪明伶俐、勤勉乐观、干脆利落而又体贴入微。

从美国回到上海不久,她托人寄来了她已在大陆出版的四部文集,分别是《幽默女人麻辣烫》《用幽默来拉皮》《美国孩子中国娘》《酷小子爱幽默》。一看封面,我就忍俊不禁地想起了她那印着夸张的卡通头像的名片来。

二

在北美华文文坛,吴玲瑶为人为文皆以"幽默"著称。她在《幽默女人麻辣烫》等四本书的"序言"中这样说:

在美国生活了三十年,中西文化的冲击中,给我最深感受的是西方人幽默感的应用,已经到了不幽默无以为欢的地步,人人都相信幽默的巨大力量与影响,如果说美国文化其实是一种泛幽默的文化也不为过。

在《我爱幽默》及其演讲语录中,她还说过"幽默"是人生的"滑润剂""避震器"之类的话:

在应付人生各种大大小小的挑战时,需要各种力量的支持,而幽默是一种力量,常能在适当时机助一臂之力,使情况为之改观;有了幽默,就能使我们懂得以笑来代替苦恼,把自己及他人提升到烦恼之上,以至于择偶时,许多人把未来对象要有幽默感列为重要条件;天才儿童的测验中便有一则问及"这个孩子平时是否很能表现幽默",可见人人喜欢和有幽默感的人一起工作。

吴玲瑶的"幽默"首先来自她的知足常乐。她平日里的"快乐"及其杂文中自得其乐的"幽默",常常容易使人产生误解,以为她降生到这个世界来就掉进了蜜糖罐子,其实非也。她1951年出生于与福建厦门隔海相望的台湾金门岛。在经历过惊天动地的炮击之后,全家迁居台北。她在台湾的街衢里巷中,感受到了并不富裕的日常生活中"里仁为美"的醇厚民风与浓郁温馨的人情味儿:

在台湾,每个人的童年记忆里都有一间巷口小店,在那里可以逗留,可以聊天,可以看人下棋,可以赊一包花生米、一瓶酱油,可以打听街尾大婶的病是否好些?可以看到张家有女初长成的俏模样,可以指点问路的陌生人。

我记忆中的小店是转角处的"丰荣行"——我们上溪里里长伯的家、小巷资讯交换中心。除店招之外,柜台的上方有一块结着褪色红绸布的旧匾额,写着"里仁为美"四个字,鼓励着我们村里的风气以仁厚最好。

所以,快乐与富有并不能画等号。这是吴玲瑶在其杂文中一再告诫读者的,也是她发自内心的生活心得。这与她的人生阅历不无关系。童年与少女时期,故乡民风淳朴善良,家庭并不富裕但却父慈母爱,兄弟姐妹手足情深,成为滋养她开朗性格与乐观心态的肥沃土壤。她念完了高雄师范学院的英语系,拿到了台湾文化大学西洋文学研究所硕士学位,与那个年代许多台湾青年的选择相仿:赴美留学。在取得了美国洛杉矶加州大学语言硕士学位之后,她就嫁给了同样来自台湾金门岛的美国加州大学洛杉矶分校的计算机博士陈汉平。婚后生儿育女,操持家务,在两个儿女成年之前,"夫主外,妻主内",一直在家担任全职太太。如果说,她的先生陈汉平,科学是他的专业,文学是他的嗜好,闲暇之余爱好写作的话,那么身为专职家庭主妇的吴玲瑶,就是名副其实的"坐家(作家)"了。她说,起先写作幽默小文,"是发现写这类文章最大的好处是:'写坏了,别人不会笑!'就在这种动机下慢慢起步,发现自己深深爱上幽默,不仅带给自己快乐,也带给别人欢笑。而笑是人与人之间最短的距离,是上帝给人最美好的恩典;一个人还会笑,就不会觉得自己贫穷,不会觉得世界不够美好。"就这样,"独乐乐不如众乐乐"的"坐家(作家)"吴玲瑶,自1986年在台湾出版散文集《洛城随笔》和《女人难为》以来，至2010年竟连续出版了《女人的幽默》《女人的乐趣》《谁说女人不幽默》《女人Love幽默》《幽默女人心》《比佛利传奇》《妈咪爱说笑》《孩子的幽默》《做个幽默的女人》《做个快乐的女人》《家庭幽默大师》《爱你爱得很幽默》《幽默心情》《不幽默也难》《非常幽默男女》《幽默酷小子》《斗智斗趣酷小子》《请幽默来证婚》《Easy生活放轻松》《美国孩子中国娘》《幽默百分百》《用幽默来拉皮》《幽默伊甸》《生活麻辣烫》《明天会更老》等近30部"幽默"文集，加上近年来在大陆出版的作品集，数量就超过35部了。这位"幽默"的家庭主妇兼自得其乐的"坐家（作家）"的"产量"，比起那些正儿八经的"专业作家"来，有过之而无不及。何况，她的这些"幽默"作品不仅家庭主妇、餐馆老板娘、少女们等女性读者喜欢看（据说，在吴玲瑶的母校——台北第一女中图书馆，她的"幽默"书成了出借率最高的图书之一），就连一向表情严肃、不苟言笑的台北市原市长马英九，在出席别人婚宴上台致辞时，也常常引用吴玲瑶多年前写的《爱妻五原则：新好男人五大守则》中的"经典语录"："一、太太永远不会错；二、如果太太有错，一定是我看错；三、如果太太有错，我也没看错，那么一定是我害她犯错；四、如果太太有错，我也没看错，而且我也没害她犯错，只要她不认错，她就没错；五、太太永远不会错，这句话绝对不会错。"每次都逗得众人哈哈大笑。海外华文文坛上大名鼎鼎的散文家思果先生和"幽默"小说家周腓力先生，都成了她的"粉丝"。思果先生生前还专门写了《真、善、美的结合》，称赞她的散文观察入微与以"人"为本：

我第一次读她写美国汽车上许多人贴了纸条，上面写了各式各样的话,发现她观察入微,有慧眼慧心(老话叫"才气"),所以有风趣,叫人爱读。我们住在美国,时常看到这些纸条,不过别人看了就算了,她看了就有了领会,写出一般人的智慧、愚妄,而总不离乎人情之常。这是文学的要素。文学和政府文告、科学论文、会议记录等等不同,主要在里面有活生生的人,你同情也好、讽刺也好,总之你觉得感同身受,写人是人人要看的,因为读者自己正是人,所接触的也是人。

所以,吴玲瑶的"幽默"杂文虽然写的大都是身边琐事、杯水风波,却因其观察细致入微、语言生动风趣而雅俗共赏,精英人士与升斗小民皆能领略其妙趣而开怀大乐,也许这正是吴玲瑶其人其文广受欢迎、大获青睐的奥秘所在。

三

幽默,出于英文 humor (据说它最初来源于拉丁文,意为"体液"。自英国戏剧家琼生的《个性互异》和《人各有癖》等以幽默见长的作品问世后,其幽默理论不胫而走,这一词便在英语中受到广泛运用)。英文中的"幽默",意为谈吐机智、风趣而意味深长。在西方语境中,它往往与人的诙谐、俏皮而又不失分寸的话语机锋相联系,显示出一种良好的教养、情趣、心态、语言智慧与绅士风度。而将"幽默"引入中国并普及的,是林语堂。二十世纪三十年代初,他创办以刊登小品散文为主的《论语》,后又办《宇宙风》《人间世》等杂志,提倡幽默、闲适、性灵;三十年代中期,他还专门写过一篇《论幽默》,其中指出："各种风调之中,幽默最富于感情。"在林语堂看来,幽默首先是一种超然的心态,也是一种面对人性缺损的同情之笑,"谑而不虐",揶揄背后自有悲悯。凡能洞察人情世相之伪与偏,且能超然视之,宽大为怀,大抵就得着幽默的真精神了。

因此,我们在吴玲瑶那些即使针砭时弊的杂文中,也往往看不见辛辣的讽刺、尖锐的挖苦,更不见声嘶力竭地大声斥责,吹胡子瞪眼地厉言呼喝,即使是面对不怀好意的挑衅,她认为最好也能利用智慧与口才努力化解,既一吐为快,又能报"一箭之仇"。她在《针锋相对》中说："当别人说了一句很不友善的话,或是有意屈辱他人,如何不卑不亢用话回过去,需要一点儿机智和口才,方不至于一个人生闷气。"她举了马克·吐温等几个例子来说明"幽默"不仅能将对方射来的箭镞挡回去,还能不动声色地起到"以其人之道还治其人之身"的作用。其中之一是:

> 有一个在美国工作的中国雇员向老板请假,说是要去参加朋友的葬礼,主人不以为然地说："你们中国人真可笑,人死了还放食物在他坟墓前,死人能跳出来吃不成?"这位中国雇员回答的是："你们美国人在坟墓前供奉的是花,难道死去的亲人会出来闻花香吗?"算是彼此扯平。

这位中国雇员颇有"一报还一报"的机智和俏皮。然而,当朋友之间互不买账、斗嘴弄舌,彼此挖苦数落,即使巧舌如簧,也是不可取的,"发现自己占了上风,逞口舌之快是很过瘾的事,但也应了孔老夫子的话:'御人以口给,屡憎于人'。别人总是会想尽办法再扳回去的"。所以，作者在很多时候，总是以温厚、宽容而超然的态度，对待生活中不尽如意的人与事，"一笑泯恩仇"。

吴玲瑶的"幽默"散文大都篇幅短小精悍，多属一千来字的议论性杂文，每篇围绕一个题目展开言说。从内容上来看，其中很大一部分可谓"主妇心得"，多为自己多年来哺育儿女、照顾家庭、操持家务的主妇生涯的"经验谈"或是"感想录"。她将一己的生活感受与人生阅历的点点滴滴融入其中，坦率而又真切，其中有些还不无自嘲地"幽"自己一"默"。比如在《快乐的主妇》中，她开门见山就说：

尽管我做的这份工作如果放在报上"事求人"栏里少有人有兴趣应征，而我却一做十数年还乐此不疲。"征求母亲、妻子的职位，必须能烧饭、洗衣、当司机、情妇、会记账、说教，排解纠纷兼修厕所，施肥种草、清院子。无薪、没有假期，也没有健康保险或退休金，一周工作七日，过年过节照常营业，工作经验往后无法填入履历表内！"

现代家庭主妇已和旧时代身居闺阁绣房的少奶奶截然不同，必须具备兼容并包、无所不能的"全能"特质和技能的事实，就在这一段貌似轻松的自我调侃中揭示出来，因而反过来印证了"少有人有兴趣应征"。难得的是，吴玲瑶对于自己承担这份"母亲、妻子的职位"的幸福指数与满足程度很高："对于事业有成的妇女我很钦佩，但对自己扮演的角色也从不妄自菲薄。我常以做个'快乐主妇'自勉。"接下来现身说法，大谈主妇们的家庭管理是"一项科学，一种艺术，每天都可以有创意"，大有一种以"小"见"大"、于蝇头琐事中见大将风度的自豪与骄傲：

> 我觉得能从抽水马桶里掏出被两岁孩子冲走的玩具，就绝对有能力胜任一个机械工程师的职位；能赶大拍卖省下的钱来付孩子的学琴费用，就一定够资格当精算师；能安排好孩子的游泳课、球队练习、学期报告、科学展、学校义工慈善捐款等流程，就足以当得了办公室经理了！

这一段"自说自话"，就显出了作者的"幽默"感：老子说"治大国若烹小鲜"，而"烹小鲜如治大国"不也同样具有雄才大略和聪明才智？所以，她"选择了能在家上班的'坐家'坐在家中写作，孩子提供我写作的素材，生活是我的灵感，点点滴滴乐在家庭"。她也因此被称为"现代家庭主妇的代言人"。

四

不过，我以为将吴玲瑶称为"现代家庭主妇的代言人"，这似乎多少忽略了她的"幽默"杂文的另一个重要特征：它们在语言、文化方面的智性与悟性。对中西文化（包括教育、语言、观念等等）的思考与比较，是吴玲瑶散文创作的另一块重要内容。

吴玲瑶的许多"幽默"杂文，写的虽是家庭、儿女、学校和朋友的拉杂琐事，反映的却是东西方不同文化背景下的观念习俗、思维方式和民族性格的碰撞。例如《ABC学中文》，讲的是"许多在美国的中国父母，最忧心的是孩子数典忘祖"，便硬逼着这些"外黄内白的香

蕉"孩子周末去中文学校补课,而这些美国华人孩子在中英文的夹缝中产生的母语隔阂令人啼笑皆非:

教遣词造句时,一个"发"字,他们能造出"发明"和"发现"的词,接着是:"我爸爸发现了我妈妈,发明了我。"这样的句子也算是有创意的了。要他们用"一直"造句,说的是:"我一直是一个人。"算对还是算错?"陆陆续续"说的是:"天黑了,我的爸爸陆陆续续地回来了。"他们能懒到用最简单的字句来搪塞老师的规定,甚至想出"我不知道什么是××"的句型套用在任何地方,如此做完一排造句,还是不明白其中任何一词的意思。

为美国孩子设计的中文 SAT 考题,已经是尽量考量这儿的情况而非常生活化,但还是常常看他们闹笑话。"今日公休",孩子说是"今天是祖父休息的日子",问他们如果店门口贴的广告说:"本店名菜是北京烤鸭,这个店里卖的是什么?"还是有孩子回答说是:"宠物店。"

这里已不尽是俏皮风趣的"笑话",而是一种令美国的中国父母哭笑不得的"黑色幽默"。因为学母语看似只是简单地遣词造句或是理解意会,实际上却是民族固有传统文化的一种传承,而这种传承在异国他乡正面临着断裂的危机,难怪当这些黄皮肤黑头发的孩子长大后"自己能思考,会认同的时候,'寻根'成为父母最喜欢听到的话题"。于是,中国妈妈对于儿女在大学里选修中文的趣谈便带着妙趣横生、温馨而又善意的幽默感了:"经过了这样的尴尬,孩子觉得他应该去选修中文，才不至于把'武则天'听成是百货公司打五折的日子，把'不白之冤'想成是黑人受了冤枉，把'口若悬河'认为是一面说话一面喷口水，把'绝代佳人'误会成没有生孩子的美人，把'雪霁天晴朗，腊梅处处香'唱成'辣妹处处香'"；"如果再经过认同寻根，能背李白的'床前明月光'，低头思起爸妈的华夏故乡，已经让父母十分欣慰了。"ABC 学中文，成了源远流长、古朴雅致的东方文化在西方世界能够传承下去的渠道。

在美国生活了 30 多年，吴玲瑶在其"幽默"杂文里还关注到了亚裔第二代的压力，首先来自父母的攀比心理和对儿女的过高期望："你看看，这个中国孩子只有 15 岁，SAT 就考了满分。"亚裔父母最喜欢拿这样的新闻激励自己的孩子，却并不重视孩子健全人格的从小养成：

> 为了要求好成绩，在竞争激烈的同学中耍一点儿小手段、说点儿谎变成可以被容许，甚至被鼓励，如果不太做这些小动作，反而会被说成不够机灵，以后到社会上做人处事是要吃亏的。所以做中国人家的孩子不但要功课好，还要随时注意到环境的变化，见招拆招和人拼个你死我活，有什么资料不要随便告诉可能是竞争对象的同学，有什么好事要保密，偷偷去做，如此一来胜算的机率更大，去哪儿做义工别告诉大家，考几次 SAT 别说。

到了这里，已经没有"幽默"可言，更够不上"笑话"，但让中国人读后如坐针毡，脸红耳热却又陷入无语状态。这是鲁迅当年早就在其杂文中深恶痛绝的民族劣根性,在异国他乡的改头换面,重新上演。吴玲瑶意识到了这一点,所以她借"第二代的压力"将其揭示出来。从这个意义上来说,她的"幽默"杂文中,又有许多决不能一笑了之、看了就忘掉的令人回味和深思的东西。

2011年8月初稿于上海

2011年底修改于香港

非鱼非石，是景是灵
——记香港的"宋公明"彦火先生

认识彦火（潘耀明）先生，算来至今已有三十个年头了。1988年岁末，我应邀出席由香港中文大学和香港三联书店主办的首届香港文学国际研讨会。时任香港三联书店副总编辑的彦火先生，也是会议操办者之一。他是香港资深的散文家、出版家和社会活动家。二十世纪七十年代至今，他已经出版了《中国名胜纪游》《枫桦集》《大地驰笔》《枫杨和野草的歌》《醉人的旅程》《爱荷华心影》等25部散文集。在二十世纪八十年代中期，我跟随文艺理论家钱谷融教授攻读中国现代文学硕士研究生时，曾拜读过他的《中国当代作家风貌》和《中国当代作家风貌续编》，这是两部别开生面的作品，既是作家特写的汇编，也是知人论世的论著。

慨然寄书

现在想起来,我与这位被称为香港文坛"宋公明"的彦火先生的相识,竟然始于他为当时还很陌生的我慨然寄书。30年前,我出席首届香港文学国际研讨会期间,得到了不少香港学人和作家的赠书。当时从内地赴香港,要到北京的英国大使馆办理签证,也不像今日有"沪港直通车"或直达航班,而是要从上海先抵广州,从广州坐火车到深圳,再从罗湖口岸进入香港。从香港回上海也要先过罗湖,然后从深圳到广州,再转火车回上海。面对这些既沉且重的书籍,我有些一筹莫展。于是,掏出了彦火先生的名片,试着给他三联书店的办公室打电话。当我吞吞吐吐说出了我的难处,他不仅一口答应为我寄书,而且还关照我把要寄的书送去域多利皇后街9号三联书店他的办公室(后来才知道他是自掏腰包为我寄的书,当时我误以为书店可以免费为读者寄书)。从那时起,我知道,彦火先生不仅擅长写散文,而且是一位侠肝义胆的谦谦君子。

此后30年中,多次与彦火先生相逢,尤其是2011年下半年我在香港浸会大学担任客座教授期间,每逢他做东宴请宾客,都会热情邀我叨陪末座,令我心生感激。不过,真正开始关注彦火的散文创作,是在2011年12月受邀出席在香港中文大学举行的第三届世界华文旅游文学国际学术研讨会之后。那次,承蒙他慨赠其散文选集《彦火散文选》,打开扉页,映入眼帘的是一行富有诗意的文字:"鱼化石与那一程山水"。"鱼化石"取自现代诗人卞之琳的诗作,"那一程山水"则出自清代词人纳兰性德的手笔。虽然竖排版加繁体字看起来不如横排简体字那么畅快,但我还是在空暇之时开始阅读这位以游记、随笔享誉世界华文文坛的散文高手的文章。后来又收到他在江苏文艺出版社出版的散文新著《椰树的天空》,更是有一种先睹为快的欲望了。

比如《莱茵河畔的落叶》。莱茵河是大文豪歌德的故乡,他曾说过:"自然是最伟大的一部书。"同样,彦火去了几趟德国,朋友问他印象最深刻的是什么,他毫不犹豫地回答:"莱茵河畔的落叶。"因为,那里的秋天,有世界上最摄人心魄的"一阕生死交战的乐章"。"每年参加'国际书展'的劳累、纷沓的人和事,都在这金黄澄亮的天地间得到涤荡、净化。"看那大片大片金黄的叶子,"除了化作春泥的滋养母体,为了维护树木继续生存,它们宁愿牺牲自己,并为此谱写一页扣人心弦的死亡乐章","没有怒吼,没有呐喊,没有怨悔,从容不迫——而且是盛装的打扮,去赴一个死亡的宴会"。这不是诗,却饱蘸浓浓诗情;这不是音乐,却比圆舞曲《蓝色的多瑙河》更加扣人心弦。因为,只有具有浪漫与悲悯情怀的人,才有资格聆听这"落叶交响诗","去默想它们那种魂天归一的境界"。

文如其人

人们常说"文如其人"。这话用在彦火先生身上,是再恰当不过了。他沉稳可靠,重情仗义,不然精明睿智、知人善仕的金庸先生当年一定不会找他来担任《明报月刊》总编辑兼总经理。那是1991年,至今他已在此任上干了近三十年,尽管金庸先生去年已经撒手人寰,尽管1995年后他短暂离开过《明报月刊》,可他从1998年起又开始兼任《明报月刊》总编辑兼总经理,直至今日。毋庸置疑,近三十年来,《明报月刊》是全球华人世界一份有良知、有个性、有追求的知性刊物,这已成了华人知识界、文化界、思想界的共识。金庸先生真的没有看错人。

除了金庸先生数十年的高度信任,作为一位资深的出版家和真诚的散文家,彦火还与多位文学前辈结下了深厚情谊,如俞平伯、冰心、巴金、沈从文、黄永玉、萧乾、保罗·安格尔、聂华苓等,并深受他们的关爱与信任。一个人对某个人好,并受到其关爱与信任,也许并不难,难的是受到许多人的关爱与信任。有人说:"为人与为文,是两码事。有些人的品性并不好,却照样可以写一手漂亮文章,如胡兰成。何况叙事文学本身就有虚构性,没必要太重视写作者的性格、脾气、教养与人品。"然而,我的导师、著名文学理论家钱谷融先生却十分看重为文者的品德与操守。先生给我上的第一堂课就是"文学是人学"。他说:"文学是人写的,文学也是写人的,文学又是写给人看的,因此,研究文学必须首先学做人,做一个文品高尚、人品磊落的人,这是人的立身之本。人与文,其实是不可分割的。虽然法朗士所说'一切文学作品都是作家的自序传'的结论不无偏颇,但作者的气质、素养、性情乃至人格,却不会不在其作品中留下或深或浅的印痕。所以真正优秀的好作品,一定是人品与文品高度统一的结晶。"这番话无论在当时还是多年之后的今天,都使我深有共鸣。

彦火先生性情豁达慷慨,数十年来与海内外不少文人雅士保持着礼尚往来。我一直认为,他笔下那些"谈笑有鸿儒,往来无白丁"的记人散文无疑是其散文中最令人动情的部分。比如作为《沈从文文集》的责任编辑之一,他在沈从文生前,不仅与他"长年接触",而且"每次到北京,也必定到北京沈老的寓所拜访他",并由此结识了著名画家、散文家黄永玉。本来说好去看他新作的水浒人物画，然而"一见面，他便让我们看他精心绘的一帧湘西凤凰城的旧居图"，然后，又"翻出录像带，播放他一九八一年带沈老回凤凰城的纪录片"（《黄永玉与永恒流动的情感》）。说明从一开始，黄永玉就没把他当成外人。人与人的交往贵在彼此相知与互相尊重，而不是在某人去世后写一篇空洞无物的文章并趁机自我吹嘘一番。

相知相交

在四大文学体裁中，散文是最需要袒露真情实性的。在《俞平伯的梦》里，我们看到了作者对于俞平伯这位忘年之交的情深谊长。文章伊始，作者远在巴黎，睡梦中突然接到俞老辞世的噩耗，急忙叮嘱家人致电慰问并代送花圈。然而由于时差的原因，俞老已经火化。清晨醒来，俞老的音容笑貌，拂之不去。"一代红学大家、一代文学宗师，丢除了一切繁文缛节——不要说隆重的追悼会、告别仪式，连他的友人向他表达悼念也来不及。""他孑然地走了，伴着他走的还有那一身坚韧不拔的傲骨！"这无疑是对俞平伯这位因学术而命运多舛、人生坎坷的红学大家的最真实、最贴切的评价，胜于千言万语的赞美之词，更是远胜千篇一律的悼词唁电。接下来，作者追忆与俞老十二年的交谊，其间除了通信，每次到了北京，毫无例外必去拜访。而作者对拜访时的情景，历历在目，如数家珍。如1985年前的一次拜会，老人显得特别高兴，"他告诉我，前几天刚参加过清华大学校庆，并在他的好友朱自清纪念碑前拍了照片。说罢把唯一的照片和嘉宾襟条送给我，我把嘉宾襟条别在衣襟上"，"他天真地笑了"。通过这段言简意赅的描述,让人看到了老人对于作者的完全信任和像家人一样的疼爱,否则怎会把自己"唯一的照片和嘉宾襟条"拱手奉送?!作者也是将受访者当作长辈来孝敬。每次拜访的时间是有限的,但只要知道老人有何心愿,便尽心尽力为之奔走效力。俞老1986年11月访港,便是彦火一手促成和安排的。他在港"发表对《红楼梦》研究的新见解,轰动一时"。老人即将驾鹤西去,弥留之际,竟叮嘱家人要给作为文学后辈的作者寄钱!"那款款情谊,岂止于一泓的潭水,里边包含着无尽的期待。"

读到这里,相信每位读者都会和想起这桩事的作者一样,"激动不已"。这里没有虚情假意的客套,只有人间真情的自然流露;这里也没有名声利益的考虑,只有相知相交的彼此牵挂。

作者对于文学前辈发自内心的敬仰和尊重,也反映在《冰心的长寿与心态》中。他这样写冰心:"是我所见到最快乐的老作家。"作者很明白:"与老年人交谈,最怕唉声叹气,暮气沉沉;更有甚者,小病说成大病,大病说成绝症,凄凄戚戚的,仿佛全世界的人都在与他作对。"而"冰心之所以快乐,因她远离了那些老年人的陋习"。即使不免想到死亡,冰心老人也会对作者说,有两句话"可以表达她目前的心境",她在作者的拍纸簿上写下了这两句话:"人间的追悼会,就是天上的婚筵。"如此美丽的人生格言,你在别人的记人散文中是不一定能看到的。由此也反过来显示了作者的人品与人格魅力。

光影之灯

彦火先生儒雅谦逊,待人彬彬有礼,克制而沉稳,似乎没有什么浪漫情怀，其实不然。其散文《心灵的普罗旺斯》，开篇就提到有关普罗旺斯的三部热销旅游文学作品，这三部畅销书均出自英籍作家彼得·梅尔之手。彼得·梅尔是国际大广告公司的主管，写过小说。在《普罗旺斯的一年》《永远的普罗旺斯》和《重返普罗旺斯》中，他描述了在普罗旺斯小镇"找到一片人间乐土"，"享受大自然的恩赐和过一种返璞归真的慵懒生活"，"最后决定告别拥挤、繁忙、喧嚣和激烈竞争的都市生活，在普罗旺斯购置一座古宅，并定居下来，在蔚蓝色的天色下过着一种怡然自得的生活"的返璞归真过程。而生活在香港这样一个充满着嘈杂、拥挤、竞争和生活压力的大都市的彦火，自然无法像彼得·梅尔那样舍弃一切，去法国普罗旺斯小镇"找到一片人间乐土"，然而仿效陶渊明"采菊东篱下，悠然见南山"却成了他的一个念想。他说："今天在西方，Provence 不仅仅是一个旅游胜地，而且是象征一种生活方式：逃逸都市，享受悠闲恬淡的生活情趣。倥偬的都市生活，使人们烦躁不堪，而且精神空虚。失去健康的身心和宁静的生活，是现代人一大缺失。"既已深悟此理，那就见缝插针，一有机会便"跑到一个人烟稀少的地方，去寻觅久违的'蝶梦水云乡'"，去释放一下在"充弥涸浊之气"的都市里快要窒息的灵魂与心灵。他带着女儿到了三亚的海滩，"耳鼓涨满呢喃不休的海浪声，还有永不疲倦的海风恍如勤奋的化妆师，试图把游人脸庞的尘埃拂拭掉"，"掬起一把水，几乎看不到杂质，浮沉其间，一任时间像海水在指缝间溜掉"。尽管这样的悠闲时光实在短暂得近乎奢侈，"但是，心间一隅温存着的那一盏普罗旺斯光影之灯却灿若星辰"。

　　他有时也有无法面对的困窘：爱书与读书、购书与藏书的矛盾。面对这样的矛盾，他的解决办法之不择手段简直让人忍俊不禁。在

《书呆子的杂趣》中,作者先是从自己要离开工作了十六年的办公室写起,"最大、最沉重的包袱竟是一箱箱的书",想丢弃,舍不得,最终仍然打包带走,虽然"在尺金寸土的香港,藏书是一大奢侈",但还是"痴痴地发着'坐拥书城'的白日梦"。后面又写到因喜好购书而致使家中书满为患、泛滥成灾的情景,简直就是一幅书与人争夺空间的蚕食图:"书房放满了,便在客厅、饭厅间挪出地方放书柜";然后是卧室,"在睡房的床上、梳妆台的墙壁安上吊柜";再后来,只好打赴美留学的两个女儿"闺房"的主意,她们原先放教科书、参考书的书架,放玩具的柜子被逐一占领,等到家中已再无新书的栖身之所,作者才开始检讨自己的"购书之道",让人忍俊不禁。这样,一个爱书、购书、读书、藏书,以书为精神食粮的"书呆子"形象呼之欲出。此文与潘铭燊的《书奴搬家记》可谓香港作家写藏书癖之散文双璧。

从30年前彦火先生为我慨然寄书,到看他在《书呆子的杂趣》为自己画肖像,虽不敢说彦火先生嗜书如命,但可以肯定的是,书就像他的亲人和恋人,多年来,他始终如一地与它们相伴相随。"腹有诗书气自华",难怪他气质超凡脱俗,下笔文采斐然。

2019年3月写于浙江越秀

辑二 名人忆旧

那年春节，巴金给我签了名
——巴老辞世五周年祭

2005年10月17日，被称为"二十世纪中国知识分子的人生楷模""一位无人可以取代的文学巨匠"的巴金老人，静静地离开了这个令他无比挚爱、细致描摹而又带给他种种磨难、痛苦与不幸的世界。作为二十世纪中国文学史上鲁迅、茅盾、老舍、曹禺等大师群体中最后一位去世的文学巨匠，巴金这盏明灯，整整亮了一个世纪。在这漫长的岁月中，他始终散发着自己的光和热，早已成为二十世纪中国文学的一个代表。2005年11月，我在同济大学"枫林读书节"上为年轻学子们所做的《巴金，给我们留下了什么》的专题演讲中援引了法国前总统密特朗对巴金的评价："他来了，坐在那里，哪怕不发言，也是一种威严。巴金是最伟大的作家之一，是《家》《寒夜》《憩园》的不朽作者，著述不倦的创作者，他的自由、开放与宏博的思想，已使其成为本世纪最伟大的见证人之一。"

巴金老人这种"坐在那里,哪怕不发言,也是一种威严",我曾有幸亲眼看见;但除威严以外,他具有的更多是老人的慈爱和长者的亲善。现在每每回想起来我都感到幸运:我这个无名小辈竟然登门给巴老拜年,并请他在我带去的《寒夜》上亲笔签了名!

那是20多年前的事了。二十世纪八十年代中期,我正在华东师范大学跟着钱谷融教授攻读中国现代文学研究生。由于编选了近80万字的《庐隐选集》并获得了出版,便对"五四"女作家庐隐及文学研究会其他作家产生了浓厚的研究兴趣,其中就有作家王鲁彦(1901—1944)。他的小说《柚子》《菊英的出嫁》等,以强烈的人道主义关怀、细致的风俗描写和浓郁的乡土气息,在"五四"新文学史上成为"乡土文学"代表作。但长期颠沛流离的动荡生活,严重地损害了他的身体,他不幸染上了肺病,因为缺少医药,无钱医治,竟在1944年夏天病逝于桂林,年仅43岁。出于对鲁彦等已故中国现代作家的崇敬之情,我设法结识了尚健在的鲁彦的夫人——覃英老师。她和鲁彦的遗腹子王恩琪先生当时住在桂林路上海师范大学教工宿舍。渐渐地,我成了他们的忘年之交。于是,我知道了巴金与王鲁彦及其一家人之间长达50余年的深情厚谊。

王鲁彦在桂林去世不久,当时身处重庆民国路文化生活出版社编辑部的巴金获知消息,即于1944年8月写下了《写给彦兄》一文,作为对这位人道主义思想前驱者和文坛挚友的纪念。他深情地回忆道:"在二楼那间宽敞的房间里,畅谈了一点多钟以后,我们成了朋友,那是十四年前的事。那次并不是我们第一次见面,而我知道你的名字,却更早六七年,在中学读书的时候,你的《灯》,你的《狗》感动过我。那种热烈的人道主义气息,那种对于社会的不义的控诉,震撼了我的年轻的心。我无法否认我当时受到的激励。自然我不能说你给我指引过道路,不过我若说在那路上你曾经扶过我一把,那倒不是夸张的话。我们十三年的友情就建立在这一点感激上面。"

1945年冬,巴金开始动笔写作二十世纪四十年代最为杰出的长篇小说《寒夜》。后来他在《关于〈寒夜〉》中,详尽地描摹了主人公汪文宣的几位人物原型。其中提道:"第二位是另一个老友彦兄。在他需要帮助的时候,我没有认真地给他援助。我最后一次看见他,他的声音已经哑了,但他还拄着手杖一拐一拐地走路,最后听说他只能用铃子代替语言,却仍然没有失去求生的意志。他寂寞凄凉地死在乡下。"生老病死,本来与月的阴晴圆缺一样,不以人的主观意志为转移。然而巴金却在痛惜老友离去的同时,诚恳地检讨着自己"在他需要帮助的时候,我没有认真地给他援助"。正是在读这些作者用朴素的真诚之心写下的"真的文学"中,我感受到了巴金作为一位伟大作家待人处世的真挚与虔诚。

1985年2月中旬,我在家突然接到了覃英老师的电话。她知道我这时已完成了《〈寒夜〉悲剧新探》和《论汪文宣——〈寒夜〉人物谈之一》两篇论文。她在电话里说:"你很想见见巴金吧?年初三,我和恩琪去给巴老拜年,带你一起去,怎么样?"我真是喜出望外。然后她把约定见面的时间、地点等都告诉了我。挂了电话,我在挂历上的22日这一天上面作了个大大的标记。这一天是年初三,我早早就起了床。上午9点半之前,我赶到了武康路113号巴金家门口。那天是个冬日里难得的大晴天。与覃英老师母子会合后,她按响了老朋友家的门铃。来开门的不是别人,竟是巴老本人!那时候,他虽已年过八旬,且帕金森病使他双手发颤,但行动能力与后来相比还算比较自如。他和覃英紧紧地握手,足足有几分钟。所有对老友鲁彦及其夫人的"愧悔"与关切,尽在握手中。然后他又与恩琪握了手。覃英老师对巴老说:"今天我还带了个小朋友来看你。她叫钱虹,是华东师范大学的研究生,研究现代文学的。"巴老用浓重的四川话连说:"好!好!"也跟我握了手。然后他把我们让进小楼底层的客厅,并请我们在沙发上坐下。

巴老坐在我对面的沙发上,听着坐在他旁边沙发里的覃英老师和他说话。巴老的话不多,偶尔问几句,也都是家常话。他问了覃英身体怎么样,儿子的工作问题解决了没有,生活上有没困难,等等。他的四川口音很重,与口齿伶俐的覃英老师相比,说话并不怎么流利,甚至有时还有点口吃,说出一个字来比较费劲,但话中绝无敷衍虚伪的客套,宾客都觉得亲切和自然。他说,有时也很想出去走走,见见老朋友,无奈现在活动太多,身不由己,而且身体也差了,写字手也抖,要抓紧时间写点文章,以免愧对读者。

那天,太阳照在巴老家的客厅里,暖融融的让人有一种陶醉的感觉,我原先心理上的一点拘谨很快就消失了。后来,巴老听覃英老师说我写了《寒夜》的研究论文,便说:"不要忘记那个黑暗的时代啊!那个时代,人没有出路。好人也给逼得走投无路啊!"我连连点头。这时似乎又有客人来拜访,覃英老师提醒我:"你不是想请巴老给你签名吗?快拿出来呀!我们一会儿就走。"我赶紧从书包里取出人民文学出版社1983年出版的《寒夜》,拿下别在书包上的一支圆珠笔,请巴老给我签名。没想到,他唤家人取来了墨水笔,然后用有些颤抖的手,握笔在书的扉页上写下了"巴金 八五年二月廿二日"。后来,我一直珍藏着这本巴老亲笔签名的《寒夜》。每逢给学生上"中国现代文学史"课讲到"巴金"一章时,我总会把这本书拿给台下的年轻学子们传阅,让他们从巴老遒劲有力的签名中感受他人格的伟大。

2010 年 9 月初稿

2010 年 10 月 6 日修改

贾作真时真亦"贾"

——纪念贾植芳先生辞世一周年

今年岁初应邀去复旦大学出席"马(来西亚)华文学教学与研究国际学术研讨会",茶叙期间,张业松提及贾植芳先生逝世快一周年了,准备出版一本纪念文集,请我向我的导师钱谷融先生约一篇怀念贾先生的文稿。我突然想起,电脑中还留存着一篇去年写的怀念贾植芳先生的未完稿。

2008年4月下旬,从《文汇报》上惊悉贾植芳先生谢世的噩耗,赶紧致电复旦大学陈思和教授,问明了贾先生葬礼的举行时间、地点,并于5月6日下午1点前赶到西宝兴路殡仪馆二楼大厅,佩上了黑纱。由于那天下午我校教务处通知要开精品课程负责人会议,所以我不得不隔着人丛向着他的遗体深深三鞠躬后抱憾提前离去。那几日,贾先生的音容笑貌,尤其是他那孩童般的爽朗的大笑,总是浮现在我的脑海。于是,就在一个夜晚开始写留存在记忆深处的关于贾先生的点滴印象。稿子未写完,电脑出了故障。几天后,看到媒体、网络上已有不少纪念贾植芳先生的文章,作者中有的是与他相交甚深的亲朋故友,有的是他亲自授业的门生高足,旧雨新知,怎么都比我更有资格,自惭形秽之下,这篇小文也就成了电脑中的未完稿。

我是1986年在华东师范大学中文系现代文学教研室第一次见到贾植芳先生的。那是位于中山北路校区丽娃河边一幢独立二层小楼中一间很小的房间。这幢小楼本来挂的是"华东师大卫生科"的牌子。后来校诊所搬走了,而中文系原先的三大排平房被拆建成了河东学生食堂,新的文科大楼尚未完工,所以中文系就只好很委屈地暂时栖身于此,施蛰存等老先生曾经整理过的图书资料,一摞一摞地堆在小楼的走廊上、过道边。原先看病的诊室内医生只需拿听筒,写处方,房间小一点也无所谓,可做教研室就实在是螺蛳壳里做道场,满坑满谷都叠放着办公桌和椅子。

时值1986年7月初,因为我的硕士学位论文要举行答辩,导师钱谷融先生请来了贾植芳先生担任学位论文答辩委员会主席,另一位答辩委员会成员是广州中山大学的吴宏聪教授。除钱先生以外,这两位中国现代文学研究界"重量级"的著名教授我都是第一次见面。当时,我只知道学位论文答辩委员会主席贾植芳曾经被打成"胡风分子",含冤坐牢十几年。在八十年代中期我的幼稚心灵中,"坐牢"是一件很恐怖很难接受的事:虽然莫须有的"胡风反革命集团案"平反了,但胡风本人,还有22岁就写出了百万字巨著《财主底儿女们》的路翎等人,在经历多年牢狱之灾后精神失常的惨剧,给我留下的印象太深刻了。所以在原先看病的诊室内初见贾先生,听到他宣布答辩开始时心里直发怵,以致在钱先生介绍完我的情况由我进行学位论文陈述时,大热天手心里竟渗出一把冷汗,说话也结结巴巴不连贯。贾先生见我如此紧张,笑着对我说:"你的论文我已经看过了,写得不错。你不要害怕,我这个主席虽然是真的,但教授不是真的,本来就是'假(贾)'的嘛。"他这一说,钱先生、吴先生都会心地哈哈大笑起来,会场上的气氛顿时变得缓和轻松起来,压在我心里的一块大石头落了地,我说话也就利索了。记得那天论文答辩十分顺利,甚至还很愉快,贾先生后来说了不少鼓励我的话,虽然他那一口山西话听起来有些费劲,但我还是句句都能明白。从此,我一听贾先生的名字便有一种自然而然的亲切感。

再见贾先生已是1989年4月。那是在复旦大学主办"第四届台港澳暨海外华文文学学术研讨会"期间的一次晚宴席上。我那天有事去得晚些,很多餐桌上已座无虚席,然后我一眼看到贾先生坐在离1号主餐台很远的14号餐台旁,旁边坐着的是师兄殷国明。我赶紧走到尚有空位的14号餐台,想坐在贾先生身旁,但他身边的座位已有人了。我好歹跟殷国明商量换了个位子,坐到了贾先生的身旁。我只想陪伴他一次,席间向他老人家敬敬酒。当时我只能以这样的方式来表达我对他的敬仰。贾先生是我们那一桌唯一的长者,身边坐的全是年轻的小字辈。他虽然没有像三年前在华东师大担任答辩委员会主席时那样谈笑风生,但仍亲切地频频举杯,接受席上远近而来的小字辈宾客的敬酒。也许是14号餐台处于比较"边缘化"的位置,远离杯觥交错的中心,那次贾先生虽然话说得不多,却句句都没有言不由衷。他吃得很少,不时点根香烟,一边抽一边看着我们年轻人狼吞虎咽。我看得出来,他跟我们在一起是坦然而愉悦的,这种怡然自得、宠辱不惊是那些喜欢趋炎附势、攀龙附凤而不屑于与无名小辈为伍者永远装不出来的。他姓贾,性情却是真的,从不掺假。

  这是我唯一一次坐在贾先生身旁吃饭。那晚,那酒,我终生难忘。"有的人活着,他已经死了;有的人死了,他还活着。"贾先生会永远活着,因为他是一个真正的人!

2008年5月初稿

2009年1月修改

凭一首《乡愁》
——忆诗人余光中先生

二十世纪八十年代初,我在华东师范大学中文系求学。有一天,偶然从一本杂志上读到一首诗,这首诗没有标明作者,也没有注明写作时间与地点。但不知为什么,竟然过目不忘。这首诗叫作——《乡愁》。

等我知道这首诗的作者余光中先生,已是八十年代中期研究生毕业后为给大学生讲授"台港文学研究"课程而四处搜寻备课资料之际。我陆续读到了他的《招魂的短笛》《新大陆之晨》《莲的联想》《春天,遂想起》《火浴》《长城谣》《白玉苦瓜》等诗作。这些诗与当时大陆诗坛所时兴的诗相比,显得很有些特别,使我对这位被梁实秋先生誉为"左手写诗,右手写散文,成就之高一时无两"的台湾作家心驰神往。尤其使我倍感亲切的是,这位生于南京、母亲为江苏武进人氏、故自命"江南人"的诗人,在诗中所流露出的对于母乡的那一份苦恋与痴情:"清明节,母亲在喊我,在圆通寺 / 喊我,在海峡这边 /

喊我,在海峡那边/喊,在江南,在江南/多寺的江南,多亭的/江南,多风筝的/江南啊,钟声里/的江南(站在基隆港,想——想/想回也回不去的)/多燕子的江南"(《春天,遂想起》)。

读着余先生那一首首新诗"忆江南",犹如倾听一位离家40余载的海外游子不断呼唤母亲的心声:在隔海相望的台湾岛上,他吟唱过《舟子的悲歌》;在地球那一端的新大陆上,他吹奏过《招魂的短笛》。可是,谁能想到,这位心心念念系着母乡的诗人,越过那道浅浅的海峡回到江南来探亲,竟然要跨越近半个世纪的风雨征程!

1988年12月,我作为年轻的内地学者应邀赴香港中文大学出席"香港文学国际研讨会"。研讨会期间,除结识了不少香港、台湾以及海外的著名华人学者和作家外,另一大收获就是第一次见到了心仪已久的余光中先生。初次见面,我很难一下子把那些时而柔情脉脉时而博丽雄浑、构思奇妙而又风格多变的诗文,与眼前这位个头不高、头发花白、精精瘦瘦、说话慢条斯理的长者联系起来。他不像一个潇洒浪漫的诗人,倒像一位矜持儒雅的绅士。

"香港文学国际研讨会"开幕式后第二天晚上,在香港中文大学邵逸夫堂举办了一个"秋兴诗歌朗诵晚会"。我与台湾女作家应凤凰刚进去不久,就见到余光中先生"粉墨登场"了。他一改白日里严肃的面容,用一口略带江南口音而又韵味十足的普通话,朗诵了他的两首新诗。一首是《百潭寺之囚》,讽刺韩国前总统全斗焕下台后茕茕孑立,形影相吊:"八年的尽头是一截短蜡烛/暗是暗了一点,比起/青瓦台的繁灯,但是一想起/全国的怒目盯盯,镁光闪闪/那许多控诉的手指/戳到鼻尖上来的气势/这轻轻摇梦的烛光/摇着墙上影子的寂寞/毕竟是,唉,好受得多了……"语调中充满揶揄讥讽。另一首叫《请莫在上风的地方吸烟》，劝诫抽烟者自觉自重，不要污染空气，贻害他人。这两首诗，在余光中的众多诗作中，并不见得是最动人的佳篇，尤其是后一首，多少还带点儿"戏作"的成分，后来好几部大陆版的余光中诗选都没选入这首诗。但这一为讽喻、一为劝诫的两首诗，在台上却被这位老诗人演绎得声情并茂，余音绕梁。我感到一种从未有过的沉浸在诗中的兴奋。

接下来，晚会主持人竟邀请我上台献诗。在当时那种人人都很亢奋与陶醉的氛围下，作为内地年轻学者的我，几乎是在毫无准备而又无法拒绝的情形之下就被请到了台上。就在走上台去的一瞬间，那首多年前读到的《乡愁》，清清楚楚地在脑海中浮现出来：

小时候 / 乡愁是一枚小小的邮票 / 我在这头 / 母亲在那头
长大后 / 乡愁是一张窄窄的船票 / 我在这头 / 新娘在那头
后来啊 / 乡愁是一座矮矮的坟墓 / 我在外头 / 母亲在里头
而现在 / 乡愁是一湾浅浅的海峡 / 我在这头 / 大陆在那头

在台上，我对着观众说："我不是诗人，但我愿意将一首诗献给所有的来宾，这是我所读到的第一首台湾诗人的诗，它的名字叫——《乡愁》。"就这样，我借《乡愁》助"秋兴"，在朗诵时真有些感动和沉醉。这首诗不仅解了我的围，而且竟然激起了台下观众的热烈掌声。我知道，这鼓掌不是为我的朗诵，而是为这首诗——牵动海峡两岸中华儿女的乡思乡情的诗！

研讨会期间我终于有机会和他叙谈。我对他说我跟他是"乡亲"，我也出生于南京，不过比他晚了 30 年；我的祖籍与他的母乡毗邻,不久前刚由从工作岗位上离休的父亲领着首度还乡拜谒过爷爷奶奶的坟墓。我带来了江南的"土产"——两小盒雨花石和一把小小的宜兴紫砂壶,赠予这位写了令人动情的《乡愁》《乡愁四韵》等诗的"江南人"。他说我在研讨会上演讲和解答观众的提问时"口才很不错",我不免有些受宠若惊,说实话,第一次在这样高规格的国际研讨会上发言,我真是紧张得要命。他又告诉我,他母亲世居武进县漕桥镇,老家还有40年未曾见面的表兄和表姐。哦,漕桥,数年前我曾偶然路经漕桥。印象中那是个极清秀明丽的江南集镇,红砖青瓦,排列着一间间齐整的宅屋;石桥木船,承载着一担担淳朴的乡情。蓦然想起,余先生曾对母亲的亡灵发过誓:"春天来时,我将踏湿冷的清明路,葬你于故乡的一个小坟。葬你于江南,江南的一个小镇。"(《招魂的短笛》)这"江南的一个小镇"莫非就是武进的漕桥?

临别前的晚上,在太平山顶观赏灯火璀璨的港岛夜景之后,香港作家联合会与香港作家协会首次联合做东,在中环远东总会为全体与会代表饯行。杯觥交错之间,我也第一次见到了包括香港作家协会会长、科幻小说名家倪匡在内的一批香港作家。散席后,因需要转乘地铁和火车返回香港中文大学,而来宾中有不少人是初次到港,所以五人一组结队而返,我与余光中先生恰好分在一组。同组的还有台湾诗人罗青等人,由曾在香港中文大学执教过11年的余先生领队。他是一位认真负责的向导。每到一个转车地点,他都在站台上高擎右手,作为集合的标志,俨然一位指挥千军万马的将军,我们戏称他为"余导"。从中环出发,一路"披荆斩棘",倒也十分顺利。不料在九龙塘换乘至罗湖方向的电气列车后,我们跟着"余导",却犯了三次"方向性"错误。先是拿着普通车厢的票误入了头等(软席)车厢，这要是被查到的话，罚款还是小事，关键我们都是识文断字的学者，居然分不清"头等车厢""二等车厢"，那可就太斯文扫地了，幸亏"余导"及时察觉并果断率队退出。接着是彼此话说得太多而忘了在"（中文）大学"那一站下车，直到"余导"惊呼："已经乘过头啦！"赶紧在"大埔站"下车再乘回头车，却又站错了月台，眼睁着列车在对面的月台隆隆驶过。台湾诗人罗青诙谐地笑道："现在的'乡愁'啊，该是'我在这头，车在那头'啦！"

此时已近午夜，月台上乘客很少，车次也稀疏了。我们坐在空落落的月台上，等着下一班车开来。溶溶的月光，在月台上投下一片清辉，絮絮的话语，在车站上留下一串笑声。我突然希望，希望这车永远不要再来，就这样，坐到明天，笑着告别。

分别的那天，我收到余光中先生最新出版的精美散文集《凭一张地图》。扉页上有余先生用一手漂亮字体题的词："面赠钱虹，并感谢她的秋兴颂诗　余光中　一九八八·十二·八"。后来，他又请香港中文大学的黄维樑教授转赠给我两部台湾版诗集《莲的联想》和《隔水观音》，上面都有他的亲笔题字。

凭一首《乡愁》，我度过了最愉快的夜晚，得到了最珍贵的礼物；凭一首《乡愁》，余光中先生，您还用顾虑在江南会找不到年轻的或年长的朋友？还用担心"每当有人问起了行期／青青山色便哽塞在喉际"？"这些青山的背后／那么无穷无尽的后土"将会张开双臂，欢迎您这位离家40余载的游子归来。我在江南等着这一天。

1989年2月初稿

2004年3月修改于上海

附记：

2017年12月14日，从海峡对岸突然传来余光中先生逝世的噩耗。香港《文学评论》主编林曼叔先生发来信息，要刊发我的论文《"散文与诗，是我的双目"——重读余光中〈听听那冷雨〉兼谈其散文的诗化与诗性》。我写了题记如下：

笔者认识余光中先生整整廿九年了。第一次见到他是1988年在香港中文大学"香港文学国际研讨会"期间。笔者以朗诵一首《乡愁》与之相识，之后有幸和他一起穿行港岛与新界，对他的文采、学识、涵养和风度以及妙语如珠十分景仰。之后多次收到他亲笔签名的赠书，2003年9月曾与他和夫人范我存女士等同游福州三坊七巷和武夷山。此后他委托我代收他在大陆的稿酬并转入他在苏州甪直的工商银行账户。2004年5月他应邀来复旦大学演讲，交给我余夫人送我的具有台湾泰雅族特色的一串手工制作的石头项链，至今我仍经常佩戴。2011年11月4日在香港中环广场46楼与他和夫人及张艾嘉女士一起出席"《他们在岛屿写作》纪录片发布会"，记者给我们拍了多张合影。2014年10月在厦门大学海外华文女作家协会年会期间与他再度相逢，他一开口，仍然妙语如珠。但那时他已身形羸弱，我问余夫人怎未见，他答太太跌伤了未能同行。数百人的大会合影是在陡峭的阶梯上，他担心人太多太挤站立不稳会像"多米诺"骨牌扑倒下来，重蹈余夫人之覆辙。我搀扶着他，与他站在一起照完了合影。谁知这竟是与他最后的一张合影。今年12月14日，突然传来余光中先生逝世的噩耗，令人难以置信。于是，想起了那篇曾得到过余光中先生认可、却又被人抄袭而谬误百出的旧作来。重读旧作，浮想联翩。经典毕竟是经典，而论文，却是可以修改的。于是，把这篇重新修改后的论文予以发表,以纪念写下了不朽散文名篇《听听那冷雨》,且多篇诗文足以载入中国当代文学史册的文学大师——余光中先生。

2017年12月18日写于上海

"所有的记忆都是潮湿的"
—— 我与刘以鬯先生的海上文学缘

2018年6月9日,惊悉香港老作家刘以鬯先生以百岁高龄辞世。香港著名导演王家卫发电影《2046》中的经典台词"所有的记忆都是潮湿的"表示哀悼。我想起与刘先生的文学情缘,不由得悲从中来。掐指算来,认识刘先生,至今刚好30年。尤其在1988至1995年期间,我的文章经刘以鬯先生之手发表在他主编的《香港文学》和《星岛晚报》等报刊上的,就有十七八篇之多。后来他从《香港文学》社长兼主编任上退休后,还给我留过他家的电话。可惜再后来他耳聋得厉害,打电话问候他也听不清是谁,联系便中断了。今年上半年,突然接到香港一位孙先生的电话,说要为刘以鬯先生的百年华诞出一本书,想要我作陪去访问刘家的上海故居,是刘先生给了他我的电话。可惜孙先生打算来沪的日期我恰巧不在上海,所以没答应陪同。万万没想到,仅仅过了几个月,刘以鬯先生就驾鹤西行了。

初识刘以鬯

我与刘以鬯先生的海上文学缘，还得从30年前说起。那时，我师从著名的文艺理论家钱谷融先生攻读中国现代文学硕士研究生毕业不久，还是华东师范大学中文系的一名年轻讲师。一个偶然的机会，系里要我开设一门"台港文学研究"课程，供全校学生选修。我手头毫无资料积累，一筹莫展之际，正巧复旦大学举办根据白先勇小说改编的台湾版《游园惊梦》的录像观摩和研讨活动。活动邀请钱谷融先生出席，钱先生有事不能去，便派我代表他前往复旦大学。那是1988年初。那天，我第一次看到了台湾版话剧《游园惊梦》的演出实况录像，深深地为《游园惊梦》的精彩剧情和演员的精妙演技叹服，回家后就写了一篇有关话剧的评论《戏内套戏，梦中蕴梦——论白先勇及台湾版话剧〈游园惊梦〉》，写完之后，也不知该投给哪家报刊，搁了一段时间。不久，便收到香港中文大学香港研究中心主任刘兆佳教授的邀请函，邀请我于年底赴港出席"香港文学国际研讨会"。在撰写论文翻阅香港报刊时，发现了1985年创刊的《香港文学》，便试着把那篇拙作寄给了主编刘以鬯先生。真没想到，从未谋面的刘以鬯先生，竟然把我这个无名之辈的文章配上《游园惊梦》的演出海报、剧照等发表在当年《香港文学》7月号上。

1988年12月，我应邀赴香港中文大学出席"香港文学国际研讨会"。研讨会结束后，刘以鬯先生邀我到坐落在湾仔摩利臣山道38号文华商业大厦顶楼的《香港文学》编辑部去做客。还没进门，他已在门口迎候，先让编辑部的杨先生替我在挂有"《香港文学》杂志社"

字样的牌子旁拍了一张照。这张照片刊登在第 50 期《香港文学》封三,还注明:"四川大学中文系副教授易明善、上海华东师范大学中文系讲师钱虹来港参加'香港文学国际研讨会',会后曾与本港文艺界朋友就文学上的问题进行交流,并收集有关港台文学的研究资料。"后来,我每次访港,到《香港文学》杂志社去见刘先生,他都会让人替我在此牌子旁拍张照,然后刊登在《香港文学》的封二或封三并加以说明。他主编《香港文学》时,封二封三上辟有《香港文学活动掠影》栏目,图文并茂地向读者传递有关香港本地的各种文学活动及海内外文学界人士访港交流的信息。这是刘先生主编《香港文学》时形成的一个传统,一直坚持到他从社长和主编的任上退休。他退休后,《香港文学》就改版了,封二封三也没有《香港文学活动掠影》栏目了。

那天是我第一次和刘以鬯先生见面。他一见我,跟我讲起了沪语,并且还操一口与我们年轻一辈所说的上海话不太一样、带有尖团音的正宗沪语,比如,他说"我们"是"我伲"而非"阿拉","我爸爸"是"伲爹爹(读 dia 音)","从前"是"老底子"。诸如此类的老上海话,二十世纪五十年代以后出生的上海人早已不会说了,所以我听来倍感新奇。交谈中,得知他于 1941 年夏毕业于上海圣约翰大学(该校于 1952 年进行院系调整时,文科大都并入华东师范大学),故而他与我,算起来还有一层"校友"之缘,虽然前后相隔了整整 40 年。我之所以敬重他,还有一个原因是,施蛰存先生曾向我推荐过他。二十世纪三十年代他在大同大学附中念书时就已在上海滩《人生画报》上发表过少作《流亡的安娜·芙洛斯基》,写一个十月革命后流亡到上海的白俄贵族女子面临困境的故事。当时漫画家华君武专门为此作了三幅插图。那时,他不过是个十七岁的文学少年。他写诗,写小说,后来收在《刘以鬯卷》中创作于1939—1940年期间的《沙粒与羽片》《七里岙的风雨》等作品也表明了他具有的创作才华。至于他赴港后写出《酒徒》《对倒》等"现代现实主义"(这是刘先生一贯倡导的)小说,从而启发王家卫拍摄出《花样年华》《2046》等"前卫"电影,就更是令世人惊叹的文学成就了。

怀正文化社

但我有些不明白的是,抗战胜利后刘以鬯先生很少写作,他一边上班谋生,一边却"为他人做嫁衣裳":在上海创办并经营一家出版社。刘先生2010年7月27日在《东方早报》上回忆道:

> 1940年代我在上海办出版社的时候,早晨我是上班,吃过中饭后就去国际饭店喝咖啡。那时候,上海和国内其他作家们都知道,我下午都在国际饭店喝咖啡。最后很多作家都去国际饭店直接找我。比如抗战的时候,有个出名的年轻作家姚雪垠,他就到国际饭店来见我。我很欣赏姚雪垠的小说,我问他,"你在上海住哪里?"他说,就住在一间亭子间里,那个时候他连吃饭都成问题。我就帮他出书,还对他说,"你就住在我出版社里。"他就住在出版社书库里,也在里面写稿,和我们出版社的人一起吃饭。

这家出版社名叫"怀正文化社",规模虽然不大,名气也不算很响,但在四十年代后期那样一种战乱频繁、经济困难的情况下,竟出版了徐訏的《风萧萧》等中国现代文学史上的名篇巨著,此外还出版了诸如姚雪垠的《雪垠创作集》(四本)、熊佛西的《铁花》、许钦文的《风筝》、王西彦的《人性杀戮》、丰村的《望八里家》等文艺书籍。施蛰存先生曾亲口告诉我,他四十年代的一本散文集《待旦录》,就是怀正文化社于1948年出版的。时隔40多年之后,年逾八旬的施教授还清晰地记得这一往事。当时,出版社就设在刘以鬯家里。据说"怀正"这一名称,也是源自刘家"怀正堂"之堂名,取其"浩然正气"之意。至于将出版社改名为文化社,则是徐訏的主意,他认为这样业务范围可以更宽泛一些。

怀正文化社成立后,不但为作家出版书稿,还为作家提供清静的创作和居住环境。比如姚雪垠当时就曾住在刘家的二楼(即刘先生回忆中提到的"书库"),并在那里创作和修改了《长夜》《差半车麦秸》《牛全德和红萝卜》等现代文学名篇。我作为一名中国现代文学专业的研究者,自然对此怀有某种既是职业的也是个人的好奇感。我问及怀正文化社后来的境况,刘先生摇头作答:"四十年代末,通货膨胀,物价涨得太厉害,怀正文化社陷入空前的经济困顿之中,放出去的书账根本收不回来,实在无法继续维持出版业务,只得离沪赴港,另谋发展。谁知此一去就是整整四十年,再也没能回过上海。"这番话真令人感伤。回到上海后,我就想去刘家旧居一趟,亲眼见见当年的怀正文化社是什么模样,无奈当时忘了问清路名门牌。事情一忙,也就搁下了这一念头。

旧居"拆除"了？

1989年4月初，我应邀去复旦大学出席"第四届全国台港暨海外华文文学学术讨论会"，巧遇香港大学讲师梁秉钧（也斯）先生。他说行前受刘以鬯先生的委托，要去刘家旧居（即怀正文化社旧址）拍一些照片，请我和陈子善先生做向导带路，我欣然奉陪。会议结束前的一个星期日上午，我们乘一辆的士从复旦大学东苑宾馆出发。正值清明时节，细雨蒙蒙，竟如天地间垂下千万条雨线，总也扯不断。梁先生掏出一张刘先生草绘的地形简图，上面写的是几十年前的旧路名，明确标示出刘家旧居位于大西路（今延安西路）与忆定盘路（今江苏路）交界处附近，门牌为"江苏路559弄99号A、B"。梁先生解释说，刘先生关照说他的旧居为一幢独立的两层楼花园小洋房，在进弄堂靠左手一侧（后来我才搞清楚，刘家旧居应该是三层楼的花园洋房，且在进弄堂靠右手一侧）。

过静安寺，越愚园路，转眼便到了江苏路。我们让司机把车停在路边，一头扎进雨的世界，开始寻找。沿着门牌数过去，又数过来，不禁傻了眼：原来江苏路上压根儿就没有559弄，靠近延安西路口的弄堂倒是有一条，但那是563弄。此弄左右两侧皆已成篱笆墙围起来的建筑工地，高高的脚手架迎街矗立，脚手架前的巨型广告牌上一条醒目标语赫然而现："建设美好的明天！"一打听，才知这一带旧屋已基本拆除，废墟上将耸立起新的高楼大厦。难道整条559弄全被拆除了？我们想问个明白。好不容易找到马路对面的江苏路地段房管所，谁知那天恰逢星期日不办公，房管所内连个人影都没有，我们只好失望而返。梁先生翌日即离沪赴杭，无法再来此寻访。这次未能了却刘先生的心愿，我感到有点内疚，便抄下刘家旧居的地址，以便日后重来。

山穷水尽处

转眼便到了5月中旬。我拣了个没课的下午，推着自行车走进江苏路派出所的大门。到户籍科一问，原来江苏路559弄就是现在的563弄。我一阵惊喜，庆幸那条弄堂总算还在，便趁机打听解放前夕99号户主是否姓刘。一位年轻的户籍警瞟了一下我的工作证，请我在柜台外面稍候，便从身后的大木橱中取出一摞厚厚的户籍登记簿，刷刷地翻起来。过了一会儿，他抬起头望着我："对不起，解放前夕559弄99号的户主不是姓刘。"（后来刘以鬯先生告诉我，这幢住宅是他爸爸在战前买地为他兄弟两人建造的。抗日战争爆发后，不少业主唯恐越界筑路的房地产被敌伪没收，都找外国人在律师楼办假的转让手续，而产业的所有权仍归原来的业主。他爸爸也曾将那幢房屋与邻近一位美国商人在律师楼办过这种手续。1948年，他兄弟二人离沪后，此宅由他母亲住过一阵，但不久其母搬去愚园路，后来就回到浦东老家直至临终。所以，户主不姓刘也是真实的。）

我转念一想，还是去原559弄实地考察一下。我踏进江苏路563弄。这条弄堂当时已经徒有虚名，与其说是弄堂，不如说是过道更恰当：长不过百来米，两侧全无"鸡犬之声相闻"的住家。前半条弄堂已与两旁的新大厦建筑工地连成一片开阔地，后半条弄堂内，靠左手一侧早已辟为电话局仓库，仓库延至弄堂笃底，便是上海金属品厂的厂门，上面没有门牌。紧挨着厂门的右手一侧，有一幢三层楼的灰色楼房，绿色的爬墙虎攀缘而上，爬满了朝西的整面灰墙。灰墙外的一扇铁门上，挂着"长宁区第一业余中学"的牌子。一看门牌："42号"，离99号还远着呢，可此弄已到了"山穷水尽"的地步。无奈之中，我突然想起，应该去江苏路地段房管所查询一下，99号是否早已被拆除，他们那儿兴许会保存该地段的房屋原始资料。

我二进江苏路地段房管所。一位热情的小伙子接待了我。我说明来意后，他即找出几张本地段房屋建筑平面图，指给我看，弄堂尽头的上海金属品厂即563弄101号。除此之外，就是弄堂右手一侧的42号了。据他估计，99号早被拆除做了电话局的仓库。我又问他能否找到拆除前的99号房屋结构图？他答，对不起，这里没有保存这方面的原始资料。但他很快又热情地建议我到武夷路234号长宁区房地局资料室，那里可能会有我要找的图纸。我谢过他，原路退出。不知不觉又走进了563弄。既然101号还在，那么99号应当就在它附近！不知为什么，我总不相信99号会凭空消失。我凭直觉感到刘家旧居并没有被拆除，它应该还在，我决心走访此弄的知情者。

我走进42号"长宁区第一业余中学"传达室，询问有谁熟悉此弄的变迁，传达室一位上了年纪的老妇人用手一指，示意我上楼直接找学校负责人。我在三楼亭子间找到了该校负责人之一（据说是该校的党支部书记），她是一位和气的中年妇女，听我说明原委，摇摇头说自己刚调来不久，全校数李校长在此工作年代最久，他比较熟悉此地的情况，但很不巧他外出开会去了。我问不出个所以然，只得告辞而返。

柳暗花明村

谁知这寻找怀正文化社旧址的事情一搁便是一年多。直到1990年10月,我二度应邀赴港进行学术研究和交流,再次拜访刘以鬯先生时,才又重提此话。这次交谈,我证实了自己那种朦胧而强烈的直觉:怀正文化社的旧址即563弄42号的那幢三层楼房。第一,刘先生说,他在上海的旧居不是两层楼而是三层楼;第二,此住宅在进弄堂的右手一侧而非左手一侧(我回沪后拜访施蛰存教授时,他也证实怀正文化社旧址肯定是在弄堂右侧的三层楼房内)。

于是,临近岁尾的一个星期六下午,我又来到了江苏路563弄42号。这次正巧,在"长宁区第一业余中学"传达室遇到一位姓张的老校工。他本早已退休,如今返聘回校,在教务处帮忙。那天正巧他在传达室代人值班。我一提这幢房屋的来历,他如数家珍,细细道来。他说,这里正是你要找的"江苏路559弄99号"原址。我如获至宝,忙向他请教:"据说99号有A、B楼,各有大门进出,为何现在只见一扇大门?"他解释道:"99号其实是两幢建筑结构、式样完全相同的连体三层楼房,中间有平台和过道相连,既互相沟通,又彼此独立,两幢楼各有一个门房间和汽车间。"他领我沿着楼房的外围走了一圈,一一将原物指给我看。西侧的门房间经扩建后即是现在"长宁区第一业余中学"传达室,而东侧的门房间现改成了洗手间。他把我带到B楼宽阔的廊檐下,指着那扇被堵死的大门说,东大门是因为隔壁101号上海金属品厂扩建而被堵死的,因此一般人根本不知道这里原有两扇大门进出。早先的101号是一家私人老板开的弄堂小厂（作坊），叫作"久成别针厂"，1956年公私合营时与另一家合成揿钮厂合并，改称"上海金属品厂"。厂房几经扩建，便把99号的东大门堵死了，只留西大门进出。

我们慢慢折回来。楼房前面是一块狭长的水泥平地，显得零乱而又局促。我又问他，听说这里原先是花园洋房，怎么不见花园？他带着惋惜的神情答："是呵，这里从前有一个小小的花园，园内还有假山、水池，很漂亮的，但在'文革'时期全被当作'封资修'的东西推倒填平了。""文革"结束后，该校又在其上面加盖了一幢两层楼的物理实验室。我看了一眼那座大煞风景、毫无美感的新楼，上面挂着一块"上海振宁机械厂"的牌子。他摇着头叹息："弄得天井不像天井，空地不像空地。"

说话间他领我上楼，走遍各层楼面。A、B二楼的房屋结构基本上都是老样子，没有什么大的改动，只是大多数房间摆满了课桌椅，成了传授知识的殿堂。走廊很宽，木扶手上有镂空的花纹，都保留完好。在走廊尽头，正巧遇到了上回未遇见的李校长。他指着玻璃窗下面对我说，那里原先都有烧柴油的暖气热水汀，冬天整幢楼房都暖融融的，后来都被拆掉了。我从A楼走到B楼，又从B楼回到A楼，从各个角度寻找可拍摄的旧物。在A楼的三层楼上，我发现朝南向阳的一间大房间已被装潢一新，这是一个套间，里间摆放着几张写字桌，桌上堆满各种已批改和待批改的作业簿，不用说，这便是教师办公室了。装潢一新的是外间，门框上方挂着"教工之家"的匾额。"教工之家"布置得很整洁，给人以既温馨又亲切的感觉：沿墙摆放着几张沙发，正中有一张长桌，十来张折叠式靠背椅围桌而放，桌上摊开着近日的报纸和新出的杂志。我坐在桌旁环顾四周，竟然有一种很奇怪的感觉,仿佛是坐在怀正文化社那帮年轻的文人中间,听他们围坐在这里谈文论艺。历史与现实,在这幢保留完好的旧址内竟这样不可思议地连在了一起。

我紧紧地握住李校长和姓张的老校工的手,向他们表示感谢。我想起了中国的那句老话:"踏破铁鞋无觅处,得来全不费工夫。"我想尽快把这些照片冲洗出来,寄给远在香港的刘以鬯先生——怀正文化社的创办者、这幢楼房的旧主人。不知他见了这些照片,会有怎样的感慨。照片,终究是平面的,我衷心希望,离沪已四十多年的刘先生能回到当年的旧居来亲眼看一看,这里,有他青年时代灿烂的梦想和事业的根基。

这些旧居照片寄去香港不久,就收到了刘以鬯先生的亲笔信,他说看了这些旧居的照片他很激动,流下了眼泪。他在信中除表示感谢外还说,一定要回上海来看看。后来他又寄来了他在香港三联书店新出的《刘以鬯卷》,并在扉页上题词签名相赠。《香港文学》1991年5月号上刊发了拙作《为了"拆除"的纪念——怀正文化社旧址寻访记》,同时配上了我于1990年12月寻访旧址时在刘家故居前的留影,以及当时拍摄的照片。

我后来看到了2010年7月27日《东方早报》刊出的刘以鬯先生口述:

十多年前回上海过一次,你说跟过去不同,也可以,你说跟过去很相似,也能说。……我以前住在大西路(今延安西路)爱丁堡路(应为忆定盘路,可能是记录有误,即今江苏路——笔者注)那里,就是愚园路和大西路之间。我那个时候在上海办了一个出版社,这个出版社就办在自己家里。十多年前回上海也看了下老家,我家以前住的地方现在变成学校了。

确实,这是我二十世纪九十年代初寻访到了刘家故居后告诉刘以鬯先生的,有照片和拙作《为了"拆除"的纪念 —— 怀正文化社旧址寻访记》为证。如今,百岁高龄的刘以鬯先生也许真的又回到上海的家了。

2018年7月写于上海

"真的猛士"真性情

—— 我所知道的钱玄同

钱玄同是著名的"五四"文化名人,《新青年》杂志编委之一。近年,某地高考语文试题中就有一篇短文《钱玄同:真的猛士》,其中讲述了1918年时任《新青年》杂志编辑的钱玄同,执着地去北京宣武门外南半截胡同的绍兴会馆向周氏兄弟邀稿,终于约到了鲁迅的《狂人日记》《孔乙己》《药》等中国现代小说的奠基之作。从此文中,大致可以了解到:一、钱玄同是五四"新文化运动"的代表人物之一;二、他与周树人(鲁迅)的关系非同一般,否则后者不会答应把《狂人日记》《孔乙己》《药》等小说交给他在《新青年》上发表;三、他与鲁迅曾就五四时期中国人的觉醒有过辩论。据《鲁迅日记》记载,钱玄同仅1918年间就亲到绍兴会馆访谈27次,寄给鲁迅书信6封,为鲁迅代领薪水2次,一起外出赴宴2次。1917年至1919年的3年时间里,鲁迅共寄给钱玄同书信近40封。因此,可以断定:倘若没有《新青年》编委钱玄同的执着与坚邀,中国现代文学史上就不会出现伟大的思想家和文学家鲁迅的名字。

鲁迅后来在《〈呐喊〉自序》中戏称他为"老朋友金心异",这"别号"其实出自国粹派文人林纾在小说《荆生》中对钱玄同的影射。1917年"五四"文学革命发动,胡适在《新青年》上发表《文学改良刍议》,陈独秀"高张文学革命军大旗"进而发表《文学革命论》,钱玄同则化名"王敬轩",与刘半农联手演了一出"双簧戏",史称"王敬轩事件",扩大了"五四"文学革命的影响和声势,以致引起国粹派文人的极度惶恐。林纾发表文言小说《荆生》《妖梦》,影射、攻击"五四"文学革命的倡导者和主将,反对以白话文取代文言。然而,"沉舟侧畔千帆过,病树前头万木春",势不可挡的"五四"文学革命的洪流,把中国文学从古代带入现代,实现了以白话文为文学正宗语言的中国文学变革。钱玄同等"五四"文学革命的倡导者们自是功不可没。

然而,有关钱玄同的身世及其姻缘、家庭等,坊间却多不实之词,甚至以讹传讹、信手杜撰者为数不少。笔者特意查阅了相关史料,将钱玄同这位"五四"新文化运动中的"真的猛士"的真实一面予以披露,以飨读者。

"鲍山病叟"透露其祖籍在湖州钱家浜

钱玄同(1887年9月12日—1939年1月17日),中国现代思想家、文字学家、新文化运动的倡导者,著名科学家钱三强之父,吴越国太祖武肃王钱镠之后。原名钱夏,字德潜,又号疑古、逸谷,常效古法将号缀于名字之前,称为疑古玄同。五四运动前夕改名玄同。关于其籍贯,常见的是浙江吴兴(今浙江湖州)人。1937年9月,钱玄同50岁生日那天,他在沦陷后的北平,以病弱之躯给鲁迅之弟周作人写信,其中有这样一段话:"我近来颇想添一个俗不可耐的雅号,曰鲍山病叟。鲍山者确有此山,在湖州之南门外,实为先世六世祖发祥之地,历经五世祖、高祖、曾祖,皆宅居该山,以渔田耕稼为业,逮先祖始为士而离该山而至郡城。故鲍山中至今尚有一钱家浜,先世故墓皆在该浜之中。"这段话清楚地告诉人们:一、他的祖籍是浙江湖州南门外;二、他是吴越王钱镠的后代;三、他的家族祖先墓地在湖州南门外鲍山钱家浜。

然而,钱玄同的出生地与其籍贯并非一地。1887年9月12日(清光绪十三年丁亥月十二日),他出生于春秋末期越王勾践向吴王夫差俯首称臣、而后"卧薪尝胆"的姑苏城。其父钱振常(1825—1898),清同治十年(1871)进士,官吏部主事,晚年寓居姑苏,湛深经学,精于考据,生有二子:长子钱恂,号念劬,晚清知名外交家,曾任中国驻日、英、法、德、俄、荷兰、意大利等国使馆参赞及公使;次子钱玄同,出生时他已年逾六旬。大哥比钱玄同年长30余岁,其子钱稻孙与钱玄同同年,后亦成知名翻译家。父亲钱振常对幼子的家教十分严格。据《钱玄同日记》记载:"家君以苏宿多无赖市井,乃学坏之地,故禁不使出门,自幼至先君见背之年总是这样。"后来,钱玄同回顾父亲的教育,印象最深的是"余自毁齿以来,先子常以许书、太史公书等命检架上塾中"。由幼年的《说文解字》和《史记》开始,文字学和历史学成为钱玄同治学最基本的领域。父亲钱振常和伯父钱振伦当年均以骈文著称。而骈文的重要特点就是注重文字功夫和典故的积累。钱玄同一生以文字音韵学见长,所作文章书信中常喜欢化用典故，这都可以看作家族学术的影响。

钱振常于1898年去世，当时钱玄同年仅11岁。在此之前，除亲授外，其父还先后聘请李吉夫、顾挹峰、莫砚山、董东初等名师，教授他读"四书五经"，为他打下了深厚的国学基础。1902年7月，钱玄同的生母在苏州病逝，他大病一场，直到年末方得以痊愈。1903年春，长兄钱恂携眷赴俄国使馆任职。钱恂的夫人单士厘，是近代中国最早走出闺门、走向世界的女性之一，被称为中国妇女解放的先驱者与启蒙者，著有作品《癸卯旅行记》《归潜记》等十多部。1904年5月，17岁的钱玄同剪去辫子，与方青箱、张界定、潘贵生等组成"湖州公社"，并合办《湖州白话报》，"委托上海四马路东开明书店为总售报处"，除此以外，销售地址还有上海惠福里警钟社、湖州南街中西小学堂。是年冬天，长兄如父的兄长钱恂为幼弟包办婚姻：17岁的钱玄同与浙江会稽（今绍兴）徐氏订婚。这个名叫徐婠贞的小姑娘，是创办绍兴古越藏书楼的徐氏家族的大家闺秀。订婚之前，钱玄同与徐婠贞未曾谋面。

1905年11月，钱玄同跟随兄嫂东渡日本赴早稻田大学学习师范，始与流亡日本的章太炎、刘诗培、秋瑾等人交往。次年，钱玄同加入同盟会。1905年12月回到东京之后，钱玄同便写信联络张界定、钱稻孙等"湖州公社"留日成员，在东京继续编辑和出版《湖州白话报》。1906年5月，19岁的钱玄同奉兄长之命返国，与时在上海念中学的徐婠贞成婚。一开始钱玄同对此门当户对的包办婚姻非常抵触，他在1906年5月述其新婚之夜的日记里，记载"是夜难过，真平生罕受者"。及此，他并未去过绍兴丈人家。婚后，他即返回日本。自1908年始，他与鲁迅、黄侃等人师从章太炎学国学，研究音韵、训诂及《说文解字》，因而与鲁迅结下同窗之谊。

1910年，钱玄同自日本回国，曾短期任浙江海宁中学教员、浙江省教育总署教育司视学。1913年到北京。先后担任北京高等师范附中教员、北京高等师范学校国文部教授并兼北京大学文字学教授、《新青年》编辑，后任北平师范大学中文系教授和系主任等。1917年，他向陈独秀主办的《新青年》杂志投稿，很快成为"五四"新文化运动和文学革命的主将之一，他成了反对旧思想、旧文化，倡导新思想、新文化，提倡民主和科学的"真的猛士"。

钱徐姻缘与绍兴古越藏书楼

钱玄同的婚姻是由其兄长钱恂包办的。

关于钱徐两家的联姻，有一种说法是，徐元钊曾是钱玄同之父钱振常当年在绍兴龙门书院当山长时的门生，钱徐两家堪称世谊。然而竟有人凭此杜撰："钱家遭遇变故之后，徐婠贞的父亲徐元昭（连徐元钊的名字都错了，且他是徐婠贞的大伯——笔者注）就把钱玄同带到家里抚养，让钱玄同在他家的藏书楼中读书，还免费提供膳食。后来钱玄同长大成人，因为他和徐婠贞年纪相仿，他的父亲和徐元昭就做主，给钱玄同和徐婠贞定下了婚姻（事实是，钱玄同父亲在他年仅11岁就已去世了——笔者注）。徐婠贞是旧式女子，钱玄同本来不同意这门包办婚姻，可是无奈于徐父对他的恩情，只能答应了。"真是罔顾事实，信口胡说。

还有些写钱玄同的文章想当然地认为绍兴古越藏书楼是钱玄同少时苦读古籍之处。比如有人写钱玄同"少年时常在此博览群书，与康(有为)章(太炎)同脉,以为古书多古人伪作,因此别号'疑古玄同',这可能与在藏书楼沉湎于书堆中有关。"还有人这样写:"著名学者、新文化运动的发起者之一的钱玄同先生,也曾在古越藏书楼闭户读书达数年之久,并由此奠定了学业基础。"甚至,就在近日竟然还有人杜撰钱玄同被其兄长托付给"好友徐元昭","徐元昭对钱玄同很是看好,不仅免费地供他吃喝,还供他上学。钱玄同学业有成,婚姻大事也被提上日程,徐元昭从小就十分喜欢钱玄同,因而他向钱玄同的哥哥提议,希望能将自己的女儿徐婠贞嫁给他为妻,钱玄同知道此事,十分地痛苦,他本身是一个抵制包办婚姻的人,而他多年的受教却让他无法拒绝徐元昭的请求,最终,他答应了下来。"如此等等,简直荒谬至极,说是信口雌黄一点也不为过。

事实究竟如何?首先,钱玄同娶徐婠贞,明明是兄长做主包办的姻缘,何来是徐家的长辈看中这位好学青年而把女儿许配与他之说?其次,徐元钊并不是徐婠贞的父亲。《钱玄同日记》曾清楚地写过其岳父,如1906年日记末页,记5月奉兄长之命,在上海与徐婠贞完婚:"伯岳徐元钊,吉苏;岳尔谷,显民;叔岳嗣龙,宜臣;叔岳维烈,武承。"由此可证:徐婠贞是徐尔谷的女儿,钱玄同是其女婿。笔者以为,写作要实事求是,不能想当然,更不能胡编乱造,这是做学问的起码的诚实态度。

关于绍兴古越藏书楼的创办,不能不提到徐婠贞的祖父徐树兰。他是光绪二年(1876)的举人,曾任兵部郎中、知府等官职。越山秀水,人杰地灵。徐树兰年轻时与其弟徐友兰深受典籍书香的濡染和熏陶,家有十四经藏书楼,昆仲经常流连其间。据《绍兴方志》记载,徐树兰与其次子徐尔谷"皆喜购旧书,书贾多集其门",家有"熔经铸史斋",藏书宏富。1900年,这位赋闲在家的会稽乡绅,在西方文化的启迪和维新改良主义的影响下,于家乡越郡古贡院购1.6亩地,耗32960余两银,着手兴建古越藏书楼。徐树兰于1902年4月拟定了《古越藏书楼章程》《古越藏书楼书目》和《给府县关于捐建古越藏书楼的呈稿》,并亲自主持编制《古越藏书楼书目》,分为经、史、子、集、时务5部,编为35卷6册。他在《序言》中写道:"人才之兴,必由学问;学问之益,端赖读书。……探知五大洲万国盛衰强弱之由,罔不视文教之兴废以为准。……树兰自维绵薄,平日购藏书籍虽仅七万余卷,窃愿公诸同好,于郡城西偏,购地建楼,为藏书观书之所,并酌拟章程。岁需经费,亦由自捐。请诸疆吏,上闻于朝,以垂永久。明知蹄涔之水,不足慰望洋之叹;区区此志,获望后之君子匡其不逮。或由此扩充,则为山九仞,亦一篑之基也。"

徐树兰为古越藏书楼殚精竭虑,因心力交瘁而于藏书楼即将完工时一病不起。1902年6月15日(光绪二十八年五月初十),徐树兰病危。弥留之际,他邀集乡绅马传煦等前来,郑重出示《古越藏书楼章程》及呈文手稿,嘱咐长子徐元钊、次子徐尔谷等必须继承父业,按《古越藏书楼章程》办好书楼,并要求儿辈承诺:每年须捐款1000银圆充作藏书楼日常经费。嘱托完毕,与世长辞。不久,古越藏书楼于1903年建成,并参照东西方各国图书馆章程,以存古和开新为宗旨,捐献私人藏书7万余卷。1904年,藏书楼正式向社会各阶层人士开放,据说绍兴城为之轰动,读书人奔走相告。蔡元培书写了一副楹联:"吾越多才由续学,斯楼不朽在藏书",悬挂于诵芬堂正厅两侧。是年夏,张謇撰写《古越藏书楼记》,文中赞扬"仲凡(徐树兰字——笔者注)先生举累世之藏书,楼以庋之,公于一郡,凡其书一若郡人之书"。此后古越藏书楼主要由徐树兰次子徐尔谷,即徐婠贞的父亲主持具体馆务。在管理方法上除继承天一阁等私家藏书楼的传统外,又吸取国外的图书管理先进经验。古越藏书楼的出现,标志着中国私人藏书楼向公共图书馆的过渡,也标志着中国近代图书馆的诞生。其中的藏书虽仅供阅览而不出借,但环境清幽,起坐舒适,是读书的好地方,当地的读书人受惠颇多。据说,蔡元培曾在古越藏书楼阅书经年。而历史学家范文澜的故居与古越藏书楼仅隔一座小桥,在其1909年负笈上海浦东中学堂之前,也曾是出入藏书楼的常客。虽然钱玄同少年时期并未在绍兴古越藏书楼"博览群书",但他的三子钱秉穹(后改名钱三强,著名核物理学家——笔者注),却是闻着古越藏书楼的幽幽书香出生的。

"打通后壁说话,竖起脊梁做人"

钱玄同一生都将"打通后壁说话,竖起脊梁做人"作为人生的座右铭。他娶徐婠贞,虽然是封建包办婚姻,且他心里并不满意这门亲事,但好友黎锦熙称其为"纲常名教中的完人",说"他的太太于民十三就大病,经过几次危险,直至现在尚未复元。钱先生尽力医药,'大世兄'亲自服侍,十年如一日"。甚至当后来有人以他妻子徐婠贞身体羸弱为由劝他纳妾,钱玄同严词拒绝,说:"《新青年》主张一夫一妻,岂有自己打自己嘴巴之理。"显示了钱玄同对于婚姻、对于家庭、对于妻子的忠贞不贰和责任担当。他还说:"三纲像三条麻绳,缠在我们的头上,祖缠父,父缠子,子缠孙,一代代缠下去,缠了两千年。新文化运动起,大呼解放,解放这头上缠的三条麻绳。我们以后绝对不许再把这三条麻绳缠在孩子们头上！可是我们自己头上的麻绳不要解下来，至少新文化运动者不要解下来，再至少我自己就永远不会解下来。为什么呢？我若解了下来，反对新文化维持旧礼教的人，就要说我们之所以大呼解放，为的是自私自利，如果借着提倡新文化来自私自利，新文化还有什么信用？还有什么效力？还有什么价值？"这段话充分彰显了《钱氏家训》中"言行当无愧于圣贤""持躬不可不谨严"的严以律己、躬身自省的做人准则。

钱玄同和徐婠贞婚后育有六个子女，其中三个早夭。成活的三个儿子分别是：长子钱秉雄、三子钱秉穹和五子钱德充。长子钱秉雄，1925年毕业于北京孔德学校中学部。北京孔德学校由蔡元培先生和北大教授李石曾等于1917年创办，是一所从初小到高中十年一贯制的新型学校，1924年起增设大学预科两年，学制一共十二年，这一年还成立了幼稚园。学生从小学五年级起就学法文，毕业后可以赴法国深造。李大钊先生的儿女李葆华、李星华等都在该校上过学。1919年8月，钱秉雄由北京高等师范第一附属小学转到孔德学校念五年级，1925年在中学部毕业，他是孔德学校第二届毕业生。1927年他从中法大学孔德学院预科毕业，1933年回到母校执掌教鞭。1945年临危受命，任北京孔德学校校务主任。1952年9月，北京孔德学校中学部改为北京市第二十七中学，钱秉雄被任命为校长。

三子名为钱秉穹，即后来成为"两弹一星"功臣之一的著名核物理学家钱三强。1913年10月16日，钱秉穹出生于浙江绍兴古越藏书楼后进的徐家宅邸。他是闻着古越藏书楼的幽幽书香降临人世的。翌年8月，徐婠贞怀抱不满十个月的秉穹北上，与在北京高等师范学校附属中学任国文教员的钱玄同团圆。1926年，13岁的秉穹在北京孔德学校念书时，与同学李志中及周作人之子周丰一交好。他体魄强健，而志中体格瘦弱。周丰一便给他俩分别起了"三强"和"大弱"的外号。有一次志中给秉穹写信，抬头便称其"三强"，而落款为"大弱"。这封孩子们之间互称绰号的调皮信，恰巧被时任北京师范大学教授的钱玄同看见。他认真地说："我看这个名字起得好，但不能光是身体强壮，'三强'还可以解释为立志争取德、智、体都进步。"在父亲钱玄同的肯定下，"钱秉穹"就正式改名为"钱三强"。

五子钱德充知之者不多。在《钱玄同日记》中，有记载1935年9月3日为侄儿钱稻孙之女钱澄与刘节新婚所设家宴中，有其三个儿子出席相陪："晚宴刘氏新夫妇于家，叫淮阳春三菜。九人：刘子植、钱清之、钱瑞信、钱亚满、钱玄同、徐婠贞、钱秉雄、钱三强、钱德充。"再就是钱玄同一家六口（含其长媳徐幽湘）的"全家福"照片中，站在大哥钱秉雄身边的英姿勃发、眉目清秀的五弟钱德充。此外，钱德充甚少被提及。

钱玄同是在北平沦陷后于1939年初在北平医院内去世的，很多人都为他感到惋惜，疑惑他为什么没有像很多学者、文人那样逃离沦陷区？事实是：1937年"七七事变"之后，抗日战争全面爆发，有不少不愿做亡国奴的学者、文人选择南下，但此时钱玄同病得很重，他的身体已不允许他长途跋涉，这在他的日记里交代得很清楚。钱玄同的日记，基本上完整地记录了他的个人病史：从早年留学日本时期的失眠、多汗、发寒热，到三十年代严重的心脑血管疾病、神经衰弱、视网膜炎。前面提到他1937年9月强支病体写给周作人考证钱氏家世的信，那时他已重病缠身。但即使是这样，他还是没闲在家养病，更没有像周作人那样苟且偷生当汉奸，他在写给远在西北的好友黎锦熙的信中表示:"钱玄同决不'污伪命'。"为了解决《新青年》同人、已牺牲的共产党人李大钊的子女生活困窘和筹措他们赴延安的路费,他拖着病躯,四处联系买家变卖李大钊的藏书。1939年1月17日傍晚,在外奔波一天的钱玄同刚进家门,即感身体疲惫和头痛欲裂,家人立刻将其送往医院,确诊为突发右脑脑出血,经抢救无效不幸病逝,享年仅52岁。就在这一年,正在巴黎大学镭学研究所居里实验室攻读博士学位的钱三强,强忍着丧父的悲痛,完成了他的博士论文《α粒子与质子的碰撞》。1946年,他荣获法国科学院亨利·德巴微物理学奖。闻着古越藏书楼的幽幽书香出生的钱三强,在核物理的科学世界里,赢得了举世瞩目的辉煌成就。1949年2月,钱玄同的妻子徐婠贞在刚和平解放后的古都北平去世。

2019年11月初稿
2020年8月修改

"一出戏救活一个剧种"
——记钱法成与昆曲《十五贯》

2017年4月上旬,我在浙江大学出席"世界华文文学区域关系与跨界发展国际学术研讨会"。会议结束后,杭州钱镠文化研究会秘书长钱刚先生开车来浙大启真宾馆接上我,然后驱车去拜访杭州钱镠文化研究会会长钱法成老先生。

"清明时节雨纷纷。"天上下着蒙蒙细雨,在雨中穿过杭城,别有一番风味。我默默地想着来杭州之前在网络上搜索到的对受访者的介绍:钱法成,男,笔名双戈,1932年6月25日出生,浙江嵊州人。著名剧作家,书法家。曾任浙江省文化厅厅长、浙江省文联副主席、省政协常委兼文卫体委员会常务副主任,现为浙江省戏剧家协会名誉主席、浙江省诗词学会会长、浙江省书法研究会会长。他长期从事戏曲剧本创作,越剧《胭脂》、绍剧《于谦》分获文化部一、二等奖,婺剧《西施泪》、越剧《柳玉娘》获浙江省一等奖,戏曲电视连续剧《大义夫人》获全国"飞天奖"一等奖,越剧《貂蝉与吕布》获浙江省优秀剧本奖,京剧《南屏晚钟》获浙江省"改革之光"优秀剧本奖,电视连续剧《绍兴师爷》在1999年金鹰奖评奖中获优秀剧作奖,越剧《新龙凤锁》获杭州市特别奖。他还主编出版了《中国越剧》一书。

在车上,钱刚先生告诉我,钱老生性淡泊,生活朴素,至今仍居住在二十世纪八十年代广播电视局分配的职工宿舍的底楼,曾多次有人劝其搬到条件较好的居处,都被他婉拒了,只因旧居对门租有一间可以泼墨挥毫、与书法为伴的工作室。踏进钱老家门,径直穿堂入室,便是他终日置身的书法工作室,他为其取名为"不晚斋"。工作室大约20平方米:靠近天井的稍大的房间内搁着一张长方形大桌子,上面堆满了各种毛笔以及已完成或尚未完成的书法作品,迎面比较醒目的是一帧"闻鸡起舞"的横幅,正是钱老遒劲有力的手书,既是书法佳作,也是主人自勉自励的警策;而外间的小房间,搁着一张方桌和几张方凳,空余处,几乎全让成摞的宣纸书画等占满了,要想自由腾挪一下,也比较困难。这就是钱老平日待客和休憩之处了。钱老平素的居住空间可谓"简陋",令人自然地想到刘禹锡《陋室铭》中的名句"斯是陋室,惟吾德馨",意思是虽居陋室,但住此屋的人品德高尚,所以才有了"谈笑有鸿儒,往来无白丁"之千古美谈。于是,在龙井茶散发的清香中,在我问他答的对话中,钱法成先生在当代戏剧、书法与诗词领域的艺术才华、历史功绩以及重大贡献,在我心中逐渐明晰。

戏痴如佳酿，历久弥醇

首先聊起的是钱老的戏剧人生。1932年6月25日，钱法成出生于嵊州（原嵊县）崇仁镇箍口村。父亲钱全华早年在家中务农，后在镇上开了一爿小杂货店，全家便从山区搬迁至镇上。母亲张杏仙幼年很苦，长大后嫁入钱家，生育了三男一女。他是钱家的长子，且出生时正值孝女曹娥的生日。古诗中有"剡溪蕴异秀"，这"异秀"的不仅是山水，更是人杰和戏剧艺术：嵊州是全国第二大剧种——越剧的发源地。他出生前后，正是越剧流行之时。崇仁镇是嵊县的大市镇，镇上本就建有四五个古戏台，每逢庙会就会邀请一些戏班子来演出，热闹时，四五个剧团同时鸣锣开演，令人目不暇接。从童年至少年时期，钱法成几乎都是在浓郁的琴声戏韵中度过的，一颗美丽的戏曲种子便从儿时植入心中并生根发芽。自幼聪慧的他，耳濡目染，到了十四五岁，经琴师略加指点，一手胡琴就拉得悠扬婉转，名声远扬。与此同时，他还迷上了书法与绘画，"小荷才露尖尖角"，便已显示出他日后在书画方面的艺术追求。

1948年，钱法成刚满16岁。他从嵊县中学初中毕业，先是报考"杭州国立艺专"，却因体检查出眼睛色盲而只得改报"省立湘湖乡村师范学校"，即被录取。越山剡水，钟灵毓秀。彼时"湘师"的校长正是著名教育家金海观先生。金海观是浙江诸暨人，1918年考入南京高等师范学堂教育科，师从陶行知先生，1932年起任浙江省立湘湖乡村师范学校校长。金海观在主政"湘师"期间，积极推行陶行知先生的教育理论，使"湘师"成为一所誉满全国的师范学校，有"浙江晓庄"之美誉。钱法成入"湘师"后,如鱼得水,不仅打下了扎实的文化知识基础,而且艺术才华也得到了尽情展示与发挥。在校期间,他参加校乐队和演出队,排演《白毛女》(当时剧名为《年三十夜》)、《赤叶河》等民族新歌剧,并进行宣传演出。"湖畔画社"由他组织且担任社长,书画创作交流活动开展起来。他还积极参加中共地下党组织的活动,加入了新民主主义青年团(即共青团的前身),担任校团支部委员。新中国成立初,他正式参加工作。1952年加入中国共产党。一年后,他被选送到省委党校学习,学习结束被分配到省委宣传部报刊处工作。1955年2月,浙江省级机构调整,他所在的报刊处与新闻出版处一起转入省文化局。不久,他又被调入人事处负责党团工作。工作之余,或许是自幼痴迷于戏曲的爱好使然,只要一有空,他就去杭州各个剧场看戏。看来看去,饱受越剧、绍剧熏染的他,竟然慧眼独具地看出了昆曲这一濒临灭绝的剧种的艺术精髓与文化魅力。但他无论如何也想不到,日后竟会与昆曲《十五贯》结下不解之缘,并率领着浙江昆苏剧团赴京演出。

昆曲辛酸泪,一言难尽

昆曲发源于江苏昆山一带,始称"水磨腔",逶迤至今已有600余年的历史,被公认为"百戏之宗"。明、清两朝,昆曲曾达到其鼎盛时期,成为当时全国最重要的剧种,被誉为"盛世元音"。在长达数百年的传承、发展过程中,昆曲以其剧目丰富多彩、文辞典雅华丽、曲调隽永婉转、舞姿柔美绚烂、武艺高超卓绝、表演真切细腻等艺术特点,成为中国戏曲和民族文化的艺术瑰宝。它融诗、乐、歌、舞、戏于一体,既有诗的意境,又有画的风姿,在中国戏曲史、文学史、音乐史上,皆具有不可取代的重要地位。

清代中叶以后,昆曲经过长时间的繁盛之后,日渐失去原有的活力,开始走向衰微。昆曲的繁荣是与众多作家、学者的全力投入分不开的,待到汤显祖、李玉、洪昇、孔尚任等引领过时代思潮的知识精英消逝在历史的地平线以外,昆曲便无奈地陷入了停滞。在艺术上,昆曲细腻优雅的特点也开始显露出远离大众欣赏趣味的一面,过分缓慢的演出节奏也让普通观众越来越难以接受。同时,诸多地方戏曲在各地蓬勃兴起,如京腔、秦腔、弋阳腔、梆子腔、罗罗调、二黄调等,统称"乱弹",即所谓"花部"。18世纪后期上演"花(地方戏)雅(昆曲)之争",结果地方戏以贺乾隆八十寿辰"徽班进京"而取胜,昆曲逐渐退出主流舞台。之后清廷颁布解散宫廷昆曲戏班和禁止官员拥有家庭戏班的禁令,使宫廷昆曲戏班和家庭昆曲剧团不复存在,文人和绅士阶层与昆曲的密切联系遭到了致命的破坏,昆曲失去了最重要的社会基础,陷于衰落之中。清末民初,更入末路。

民国初年,苏州最后一个昆曲班子——已创办两百多年的"文福班"解散。为了挽救昆曲,1921年,张紫东、贝晋眉、徐镜清、俞粟庐、徐凌云、俞振飞、吴梅、孙咏雪等人共同筹划,在上海实业家穆藕初(1876—1943)鼎力支持下,买下苏州西大营门的五亩园,创办了"昆曲传习所",聘请沈月泉、沈斌泉、吴义生、沈彩金、尤彩云、施桂林等"文福班"艺人为师,招收了50多名学生。这批学生一年后分行当,取艺名,艺名都有一个"传"字。小生"斜王旁",如顾传玠、赵传珺、周传瑛;旦角"草字头",如朱传茗、姚传芗;丑角"水字旁",如王传淞、华传浩、周传沧;末角和净角则为"金字旁",如郑传鉴、施传镇、包传铎、沈传锟、周传铮、薛传钢等。这批学员学戏三年,实践演出两年,1926年正式毕业时,学会昆曲700多折戏。之后,以"传"字辈青年演员组成名为"新乐府"昆曲班,由俞振飞任艺术顾问,在上海、苏州等地演出多场。1930年,班子内起了分化和纠纷,"传字辈"演员不满领班严惠予、陶希泉大量抽成,盘剥演员收入等行径,主要小生顾传玠因演员待遇差而离班,其他演员与领班的冲突更甚,导致一批演员离开另组"共和班"。他们苦心筹款,每人一股,成立"共和制"合作戏班,于1931年9月回沪后更名为"仙霓社",在上海、苏州、南京、无锡及杭州、嘉兴、湖州等地继续演出。1936年,为"仙霓社"劳累过度的老生施传镇死于伤寒,年仅26岁。

1937年8月13日淞沪战事爆发,日本侵略军炮轰上海,演职员们多年辛苦积攒的行头全部毁于炮火。大家抱头痛哭,为保存国粹而奋斗十多年的"仙霓社"在绝望中解散。剧社解散后,主演之一的赵传珺贫病交迫,冻饿而死于上海马路旁。年仅24岁的周传瑛几次在黄浦江边徘徊,想投江自尽。名丑王传淞则在马路边以摆卖地栗糕为生。"仙霓社"遭难时,上海有个"国风苏滩社"。"国风"原名"国凤",取班主朱国梁的"国",女演员张凤云的"凤"字为名。后听从上海《新闻报》严独鹤先生的建议,遂改成颇有文化内涵的"国风"。班主朱国梁是宁波人,近视眼,是个落魄文人,他爱表演,能编写,且有侠义之风。他出面动员摆地摊的王传淞加入"国风",既教表演,又兼演出。王传淞又动员落难的师弟周传瑛入社。后来龚祥甫、包传铎、周传铮也入社,演出从坐唱发展为舞台表演,苏滩中夹唱昆曲,或昆曲中夹唱苏滩,称为苏昆。当时被戏称为"馄饨、面条两下锅"。

好不容易熬到了 1949 年,国风苏昆戏班的艺人饿着肚子躲在浙江嘉善的一座破庙里迎来了解放。解放军动员他们出来演出。从前唱戏的伶人一向怕演出时"弹压席",在被荷枪实弹的士兵包围的氛围中唱戏,心里充满恐惧。而眼前的军人却不一样,主动关心起他们的"吃饭问题"来,他们感到世道变了。1951 年 5 月 5 日,当时的政务院总理周恩来签发了《关于戏曲改革工作的指示》,简称"五五指示",其中心内容是"改戏,改人,改制"。根据这一精神,浙江省及嘉兴地区文化局将民营国风苏昆剧团(后改名国风昆苏剧团)纳入了民办公助。环境虽有了些改善,但艺人的生活仍很艰难:观众少,收入低,食宿仍无保证。但在这样的艰难时刻,他们却干了两件大事。

首先,为纪念我国著名剧作家洪昇(1645—1704)逝世 250 周年,1954 年,国风昆苏剧团来杭州"闯码头"。他们在杭州演出的时间,也正好是浙江省第一次文代大会召开之际,根据时任浙江省图书馆馆长张宗祥先生(1882—1965)的建议,他们在胜利剧院演出了洪昇的著名剧作《长生殿》。张宗祥先生曾是周传瑛、王传淞等人的老师,在他的支持下,他们演出了原著中《定情》《赐盒》《进果》《絮阁》《舞盘》《密誓》《小宴》《惊变》《埋玉》《骂贼》等十出戏,引起很大反响,提升了昆曲和昆苏剧团在广大观众心目中的艺术地位。

其次,翌年,为欢迎昆曲泰斗俞振飞先生从香港归来,他们以"国风"全团力量为班底,广邀流散在全国各地的数十位昆曲名家,在杭州东坡剧院"大会师",连演五日五夜优秀的昆曲折子戏,使广大观众大饱眼福和耳福,由此也培养了不少昆曲迷。时任浙江省文化局干部的钱法成即为其中之一。看完他们的精彩演出后,他真正领悟到了什么是中国戏曲的精髓。

钱法成激动地向文化局局长黄源递交了请调报告（这也是他一生中唯一向上级提出的请调报告），要求调离省级机关，到这个民间剧团去工作。当时，省级机关有不少人不理解他，疑惑好端端的一名省级机关干部，为何要到一个"衣食难保"的民间剧团去？但请调报告得到了文化局局长黄源的理解与批准，这样他就如愿以偿地到国风昆苏剧团去报到了。当时，他23岁。到昆苏剧团后，他和"传字辈""世字辈"昆曲艺术家及其他演职员一起排戏，共同生活，喝大碗茶，唠家常话，成为深受大家欢迎的年富力强的剧团指导员。

这年春天，时任文化部艺术局局长的田汉先生来杭州，在国风昆苏剧团团长兼导演周传瑛陪同下去看苏昆戏。周传瑛是苏州人，"昆曲研习所"的嫡传弟子之一，有着深厚的昆曲功底，但迫于生计，昆苏并团后他也是苏剧的台柱子。田汉听台上唱的并非正宗的昆曲，有点不伦不类，一会儿是典雅的昆腔，一会儿又是吴侬软语的滩簧小调。他就问："这是什么戏？"周传瑛脱口而出："这是荤（昆）素（苏）戏。"二人皆笑，但笑得有点无奈。

待田汉见到沙文汉省长时，他便向沙省长提出："请省里为昆苏剧团搞个戏，去北京演出。"沙省长答应了。这便有了此后"一出戏救活一个剧种"的美谈。

整理《十五贯》不辱使命

1955年7月5日，国务院任命著名翻译家黄源为浙江省文化局局长。黄源，浙江海盐人，年轻时留学日本，回国后曾在鲁迅支持下主编《译文》杂志。1938年参加新四军。新中国成立后，担任过华东军管会文化部副部长兼党组书记。他从上海调来杭州工作,带着几车书。

沙省长把文化部艺术局局长田汉交代的事,交代给了黄源。这年下半年,正值肃反运动后期,毛泽东主席亲自选定《聊斋志异》里《胭脂》等几篇小说,发给党内学习,要求干部们处理案件时不要被假象蒙蔽。这时,究竟为国风昆苏剧团搞什么戏,黄源并未考虑好。事有凑巧,1955年11月上旬,上海电影局局长张骏祥陪同印度电影代表团来杭州参观。送走外宾后,黄源便请他到三元坊解放剧场看昆苏剧团的戏。没想到,当晚剧团演的恰是《十五贯》初改本。二人看了非常兴奋,高度赞扬。

黄源回到家,连夜翻书,但只翻到《缀白裘》中的《判斩》《见都》《踏勘》《访鼠测字》四出戏。第二天,他调来昆苏剧团的演出本(初改本),后来又从梅兰芳先生那里借来了朱素臣原著全本,认真阅读后,他决定组织力量整理、重排这个戏。于是当即组成了三人小组,黄源亲自任组长。副组长是省文教部文艺处处长兼省文联秘书长郑伯永(1919—1962),温州人,时年36岁,原为中共温州游击队领导人,新中国成立后任温州地委宣传部部长,曾调上海文联写过小说,后与黄源一起调回浙江。他负责与组长、编导、剧团之间的联络、协调工作。另一位叫陈静,江苏铜山人,1918年生,当时37岁,抗战时参加过抗日演剧活动,新中国成立后任职华东戏曲研究院导演,1953年调入浙江越剧团任编导,加工、排演过越剧《五姑娘》,改编、导演的越剧《庵堂认母》荣获华东六省一市会演最高奖,并成为越剧经典剧目和教学剧目,他负责整理、加工、修改剧本和现场排戏。不久,"昆曲《十五贯》整理小组"正式成立,除组长黄源、副组长郑伯永和执笔兼执导陈静外,又加入新成员:国风昆苏剧团团长兼导演周传瑛(时年44岁,剧中扮演况钟)、王传淞(时年49岁,剧中扮演娄阿鼠)、朱国梁(时年46岁,剧中扮演过于执)、包传铎(时年47岁,剧中扮演周岑,兼管财务)、周传铮(剧中扮演尤葫芦,兼作曲)、李荣圻(主笛,兼作曲)、项金根(司鼓)、俞金荣(主胡)等演职人员。排戏地址在钱塘门小车桥蔡同德药店废弃的药场和养鹿场。此剧从改编到排出,前后仅花了20天时间。

《十五贯传奇》又名《双熊梦》,是根据宋元话本《十五贯戏言成巧祸》(又名《错斩崔宁》)改编的。剧作家朱素臣,明末清初吴县人,著有《秦楼月》《翡翠园》等十八部传奇作品。朱素臣的传奇本,将原故事发生地从南宋都城杭州移到明代的苏州、无锡一带,将前后审案的两个不知名的杭州府尹,改写为三个官吏,其中两个是明代历史名臣:况钟(1383—1442),江西靖安人,小吏出身,永乐年间任礼部主事、郎中,宣德五年(1430)出任苏州知府,严惩贪吏,减免税赋,连任十三年,后卒于任上;周忱(1381—1453),江西吉水人,明永乐二年(1404)进士,任刑部郎中二十年,宣德五年(1430)任工部右侍郎巡抚江南,创"平米法",改军赋役,和况钟合奏减免江南重赋,疏浚吴淞江,设济农仓,在江南凡二十年,景泰二年(1451)70岁时被迫致仕,江南人六百多年来皆奉其为财神。过于执则是虚构的人物。在朱素臣的传奇中,主要人物的基本性格和形象已初具,故事情节也丰富了不少。只是戏的线条纷杂,太注重在"巧"字上做文章,有些关键戏强调不够,唱词不够通俗,并有一些迷信成分(如托梦等)。朱素臣本共有"开场、泣别、鼠窃、得环、摧花、饵毒"等26折,整出戏须演两个晚上,初改本经删改后缩短至一个晚上,熊氏兄弟熊友蕙、侯三姑的戏虽已减少，但仍保留有"男监"等戏，两条线索还在。但初编本仍存在一些问题，如文字还须加工，"托梦"痕迹尚存，况钟破案的事实依据尚不足，况钟、周忱、过于执三个官员之间的戏还不够饱满，戏的气氛节奏尚须处理，高潮戏不够，戏还是太长等等。

经由黄源主持、陈静执笔的《十五贯》整理本削减为八出：杀尤、受嫌、被冤、判斩、见都、踏勘、测字、审鼠。整理本对全部唱词和部分道白作了大胆而谨慎的修改，使它们精练、切意、上口、好懂，雅俗共赏，既保留了昆曲的韵味，又符合人物的身份、涵养和历史感；戏剧情节合情合理而又引人入胜，明快简洁而又曲折离奇，并且打破陈套，做到干脆利落；人物塑造匠心独具，加上周传瑛、王传淞等老艺术家的高超演技，使得剧中主要人物性格突出，入木三分而又分寸恰当，鲜明生动而又耐人咀嚼，具有典型性和现实意义。

整理后的昆曲《十五贯》于1956年元旦起，在杭州胜利剧院公演。当时，报纸上登出的广告词是："字句通俗，唱词说白，幻灯说明。票价二、三、四角"，每一档座位价格较整理之前有所提高。令人没想到的是，在杭城连演24场（其中胜利剧院演18场，移至杭州工人文化宫剧场演2场，再返回胜利剧院加演4场），场场爆满，好评如潮。

国风昆苏剧团乘胜追击，马不停蹄，携《十五贯》移师上海。1956年2月14日起，先在上海永安公司剧场演出，后移师新建的中苏友好大厦剧场再演。时任华东局书记魏文伯、上海市领导陈丕显都前来观看，看了之后提出：为华东局和上海市所有处以上干部作专场演出。此后，《十五贯》在上海火了，连演了25场。当时，中宣部部长陆定一正巧在沪视察工作,他也来看了演出,非常高兴,指定要昆曲《十五贯》进京演出。

《十五贯》进京,名满华夏

在昆曲《十五贯》进京演出之前,1956年4月1日,浙江省批准改民办"国风昆苏剧团"为国营"浙江昆苏剧团"。从此,"浙昆"便一代代地传承和发展着昆曲。

浙昆全团演职人员于4月4日起赴京,由钱法成任领队。他们带了两部昆剧大戏——《十五贯》和《长生殿》,还有一些昆苏折子戏。临行前,黄源叮嘱领队:"到北京要坚持演出《十五贯》,不要因为初演冷场而换戏。"他还要钱法成每天晚上向他电话汇报演出情况。

抵京后,昆剧演出被安排在前门外广和剧场。清康熙二十八年,即1689年,适逢佟皇后丧期,洪昇的《长生殿》禁演事件恰好就发生在这里。二百多年后在这个剧场上演昆曲《十五贯》,似乎也具有某种文化传承的象征意义。浙江昆苏剧团4月6日到京,4月8日按照惯例招待首都文艺界看《十五贯》,4月9日看《长生殿》,4月10日起《十五贯》售票公演。

售票伊始,情况不太妙,第一场只卖出40多张票。北京的观众对浙江昆苏剧团和演出剧目感到生疏,又恰逢全国话剧会演,观众已经看饱了好戏,昆曲这里就少人问津。但是,"识宝"的首都文艺界名人们都动员起来了,62岁的京剧大师梅兰芳先生不但亲自来看戏,亲笔撰文推荐,还每天买十几张票送给亲友来看;夏衍、田汉、欧阳予倩、张庚、白云生、戴不凡等戏剧名家也来看了戏,并且还都著文力荐。舆论热起来了,场子也逐渐热起来。

中宣部文艺处处长、著名文艺评论家林默涵看了《十五贯》后,便推荐给公安部部长罗瑞卿;罗瑞卿部长看后又推荐给毛泽东主席。毛主席便提出要看《十五贯》。于是,接到上级重要指示的钱法成便带上剧团于4月17日进中南海怀仁堂演出。戏毕,毛泽东主席带头鼓掌并接见了全体演职人员。

4月19日,周恩来总理从外地回京,当天晚上就来到广和剧场看戏。戏演完后又亲自来到舞台底下的地下化妆间,同浙昆全团同志促膝座谈,历时近一个小时。

4月21日,在"满城争说《十五贯》"的热潮中,文化部在吉祥戏院召开表彰大会,向浙昆全体演职人员传达了毛主席的三点指示:"是好戏,要奖励,要推广。"当场奖给剧团五千元钱,这在二十世纪五十年代,可是一笔巨款了。

转眼到了5月1日,北京举行五一国际劳动节大游行,44人的浙昆剧团竟有8人登上了天安门观礼台。钱法成又一次见到了毛主席等中央领导人。

5月2日晚,毛泽东、刘少奇、周恩来、朱德、邓小平、董必武、彭真等中央领导人,在中央直属机关礼堂观看《十五贯》。5月13日晚上10时,毛主席等中央政治局委员们开完会议后,又在紫光阁小剧场观看了浙昆的昆苏折子戏。中央领导同志多次看戏,也是为了对中国戏曲传统艺术和基层剧团进行调研。

5月17日,周恩来总理在中南海紫光阁亲自参加了200多人的昆曲《十五贯》大型座谈会。座谈会由周扬、钱俊瑞、田汉、周传瑛、马师曾五人主持。翌日,《人民日报》发表了《从"一出戏救活一个剧种"谈起》的社论。这句话其实是田汉先生说的,社论则是夏衍先生让袁鹰执笔的。从此,曾经风雨飘摇、难以为继的昆曲这一剧种,终于被"救活"并受到了国家和政府的重视。

5月27日,浙昆剧团全体演职人员怀着依依惜别之情离开北京。这次进京,《十五贯》在北京共演出47场,观众达7万多人次。离京前,文化部副部长郑振铎先生为剧团主要成员设宴饯行,席间由叶圣陶、老舍等文化名人作陪。文化部还为剧团安排了在上海电影制片厂拍摄《十五贯》彩色电影。于是,浙昆剧团从天津、济南、南京,一路演到上海,然后留在上海拍电影。电影由淘金任导演,摄影师为黄绍芬、陈震祥。拍完电影后,剧团又赴四川等多个省份作巡回演出。

就这样,改编本《十五贯》的成功,犹如枯树逢早春,老枝爆新芽,中华古老的剧种昆曲迎来了复苏,并焕发出新的生机。浙江昆苏剧团一跃成为国家和浙江省的重点剧团——浙江昆剧团,后来又成立了浙江京昆艺术剧院。而在《十五贯》进京之前,全国只有一个规模很小、40多人的浙江昆苏剧团(其中有18名"传"字辈、"世"字辈演员和学员)。除此之外,浙江还有两个小得可怜、难以生存的草根昆剧团——永嘉昆剧团和宣平昆剧团。而《十五贯》演出成功后,周总理指示:要重视这个剧种,不要只是把它的艺术拆成零件使用。于是不少昆曲人才从社会的各个角落被召回,并开始加快培养年轻的昆曲新人。

1956年10月23日,为加强昆曲的发展,江苏省政府决定将原来的"苏州市民锋实验苏剧团"改为"江苏省苏昆剧团",驻地仍在苏州,交由苏州市文化局代管,并将昆剧作为苏州戏曲工作的重点。之后随团培养了一批"继"字辈学员,如张继青、丁继兰、华继静、章继涓等。他们中的不少人都受到过俞振飞、言慧珠等昆曲大师的手把手指导。1959年,江苏省苏昆剧团分团,一部分演职员到了南京,另组江苏省昆剧团。

1957年6月22日,北方昆曲剧院在北京组建,韩世昌、白云生、侯永奎、马祥麟、侯玉山、白云珍等昆曲老艺人都一一归队。在周总理的亲切关怀下,北京戏曲学校把一个班级建制划归北方昆曲剧院,招收昆曲新学员。

1957年冬,已经断了二十年昆曲香火的湖南省,在嘉禾县办了湘昆学员培训班。1960年以该班学员为基础,成立了郴州专区湘昆剧团,现为省管的湖南省湘昆剧院。

1961年,上海市成立了以上海戏曲学校昆曲班为主体的上海青年京昆剧团,后又发展成上海昆剧团。

由于浙昆《十五贯》的演出成功,全国很快便形成了具有七个专业昆剧团体以及戏校、培训班,有近千名演职人员的专门队伍,昆曲受到了国家和政府前所未有的重视和保护。2000年,中国昆曲被联合国教科文组织评为"人类口述与非物质文化遗产代表作"。

"一出戏救活一个剧种",实在是功德无量。后来,钱法成虽因工作需要调离了浙江省昆剧团而担任文化厅的领导工作,但他在1981年所作《纪念昆曲传习所六十周年》的诗中写道:"幽兰喜得回春力,古艺芬芳万代留。一闪韶光廿五年(指1956年他带队赴京演出《十五贯》——笔者注),影中还留旧容颜。青春过往休追叹,不枉今生有艺传。"诗中表达了对于昆曲这一国粹"喜得回春力"而能够"芬芳万代留",以及自己为此付出的青春韶华,"不枉今生有艺传"

的欣喜与欣慰之情。如今,已耄耋之年的钱法成老先生,谈起当年的情景和盛况,如数家珍,谈兴大发,他脸上浮现出欣慰而又灿烂的笑容,在场聆听者,无不动容。

2018年春初稿
2018年底修改

辑三 师恩难忘

铮铮风骨,国士无双
——忆恩师徐中玉先生

2019年6月25日凌晨3时35分,走过人生105个年头的著名文艺理论家、语文教育家、上海市作家协会原主席徐中玉先生驾鹤西行,离开了让他牵肠挂肚而又使他欢喜使他忧心的世界。噩耗传来,先生的亲朋好友和众多学生,无不唏嘘惋惜。6月28日,徐中玉先生追悼会在龙华殡仪馆大厅举行。大厅内悬挂的挽联,恰如其分地概括了徐先生的一生:"立身有本,国士无双,化雨春风万里,何止沪滨滋兰蕙;弘道以文,宗师一代,辞章义理千秋,只余清气驻乾坤。"数百名从四面八方赶来的生前友好、各届学生等汇聚成悼念的人流,为徐中玉先生送行。数不清的花篮和挽联从大厅一直排到门厅外,绵延不绝,表达着众人的无尽哀思。为徐先生送行的那天恰逢期末考试周,我有监考任务,分身乏术,只好在追悼会召开前夕,连夜代表任职学校起草唁文,并委托母校中文系代订花篮,以寄托心中的敬意与哀悼。

徐中玉先生是一代真正的知识人的典范。在超过百年的漫长而艰难的岁月里,他始终如一地坚守知识分子的良知,充当中国文论和文学的标杆,历经磨难而以民族、国家大义和中国文化传统的传承与发扬光大为己任,生命不息,奋斗不止,身处逆境而沉静,面临危局而敢言,兢兢业业俯首工作,甘于清贫埋首学问。他的一生,端端正正地写好了一个大写的"人"字,这是他留给我们的宝贵精神遗产。徐中玉先生毕生投身大学教育与学术研究,乃著名的文艺理论家和语文教育家,享有"大学语文之父"之盛誉。他在鲁迅研究、文艺理论研究以及大学语文教育等领域成果丰硕,享有崇高的威望。

初见先生,运筹帷幄

我最初见到徐中玉先生,是在二十世纪七十年代末。作为恢复"高考"后的首届大学生,我当时填报的高考志愿是"上海师范大学中文系"。"文革"期间,上海的几所文科院校如华东师范大学、上海师范学院、上海教育学院等合并,统称为"上海师范大学"。不过,我接到的大学录取通知书上明确写着"华东师范大学中文系",所以我一入学就到了位于中山北路3663号的华东师范大学。当时中文系位于丽娃河东面靠近校门口的三幢庭院式的平房内(可惜后来于八十年代中被拆掉,盖了三层楼的河西食堂),三幢平房都有着长长的走廊,系主任办公室、系资料室以及中文系的各个教研室分布于南侧,穿过走廊透过玻璃窗可以看见每间屋子里的情形。我就是在这里第一次见到了徐中玉先生:他坐在中文系系主任办公室里,靠窗的办公桌前堆着一沓沓文件和书籍。他那时60岁出头,国字脸方方正正,日常穿着朴素的灰色或藏青色中山装,总是夹着一只黑色公文包,走路速度很快,讲话的语速也比较快。平房前面就是三层楼的文史楼,从前是我们中文系和历史系学生上课的地方。文史楼正门有着四根罗马式大立柱,气势恢宏。这里或许正是茅盾先生在《子夜》中写到的"丽娃丽妲":主人公吴荪甫的太太林佩瑶、林佩珊姐妹上过学的地方,是当年从圣彼得堡流落到上海滩的白俄贵族开设的一所女校。文史楼是典型的方正恢宏的俄罗斯建筑风格,楼顶是一个大大的可以举办舞会的露天平台。我们77级学生入学后曾在露天平台上举办过联谊活动,后来因为年久失修而漏水,露天平台就被关闭了。那时,百废待兴,华东师大中文系恢复高考后首届150多位大学生进校,集合了从1966届高中生到1976届应届生,文化程度参差不齐,该如何教学,如何引导?加上仅隔半年之后,1978级150多位学生又紧跟着入学,作为系主任的徐中玉先生,肩上的担子着实不轻。然而,他却用四两拨千斤的非凡领导力,很快就使华东师大中文系这两届学生在全国的文学界、语文界有了较大的影响。

谆谆教诲,学研并举

现在回想起来,我之所以后来会选择现代文学研究作为终身职业,是和徐中玉先生、导师钱谷融先生的教诲以及二十世纪七十年代末到八十年代中期徐先生担任系主任期间中文系鼓励学生进行文学创作和评论的学术氛围分不开的。我考进华东师范大学中文系不久,徐中玉先生和钱谷融先生给77级学生合开了一门"文艺学专题"课，我是选修者之一。当时因为年龄小，上课不是很专心，所以两位先生具体的讲课内容，已经记不清了，但两位先生在课堂上对我们的谆谆教诲，却如雷贯耳，至今回味无穷。最难忘的一番话，就是写评论文章一定要说出自己的真实想法和真切感受，不要人云亦云，更不要一味吹捧。当时《上海文学》上登了一篇小说《阴影》，我就尝试着写了一篇2000字的评论，当作课堂作业交了上去。没想到过了几天徐中玉先生上课发还作业时跟我说，你很有自己的想法，文笔也不错，可以试试投稿。在他的鼓励下，初生牛犊不怕虎的我就把它投给了《上海文学》编辑部。更没想到的是，我这篇课堂作业竟然以标题为《对小说〈阴影〉的一点意见》，在做了一定删节后发表于《上海文学》1979年第4期上，这对一个大二女生而言真是一个极大鼓舞。此后，我一发而不可收，大三至大四期间在《百草园》《语文函授通讯》《萌芽》等刊物上接连发表了《谈谈〈草原上的小路〉中石均的性格塑造》《试论茹志鹃的短篇小说创作》《刚刚入伍的未来将军——评〈萌芽〉复刊以来的短篇小说》《雾，在她的笔尖缠绕——王小鹰和她的创作》等评论文章。本科毕业论文后来分别以《论庐隐的早期思想和创作》与《论庐隐的后期创作》发表于《福建论坛》和《华东师范大学学报》，为我报考钱谷融先生的中国现代文学专业研究生打下了基础。

我看到现在有些写徐中玉先生的文章或报道，往往称颂先生在八十年代初独开风气，允许有创作才华的学生如赵丽宏、王小鹰等人以诗集和长篇小说代替毕业论文，因而造就了令全国瞩目的"丽娃河作家群"，甚至于有论者以为徐先生偏爱创作而鄙视"论文"，这无疑是片面的。其实，作为资深学者，徐中玉先生对于中文系学生在学术方面的鼓励和举措更为突出。例如，与我同班的一位学养深厚的男生，在"现代汉语"课后写了一篇讨论"词的重叠"的作业，任课老师觉得他写得不错，徐先生听说后立刻表示，应该推荐到学报去。不久，中文系一年级学生刘大为的名字就出现在了《华东师范大学学报》上。这篇论文的发表，不仅在中文系、历史系、政教系等文科院系学生中引起了极大反响，而且在中青年教师中引发了不少震撼，因为当时大多数中青年教师都还未曾在学报发表过论文。此后，仅中文系1977级学生中，就有夏中义、宋耀良、方克强等一批本科生的学术论文，先后登载在《华东师范大学学报》上，中文系学生的学术声名鹊起，就连"物质利益"也收获颇丰：当时在学报发表一篇论文的稿酬，几乎相当于大学青年教师一个月的工资。更为重要的是，在徐先生的主持下，1977级毕业留校的学生数，用时任副系主任齐森华老师的话说"是史无前例"的：仅我所在的4班，直接留校和考取研究生后再留校的学生，就有11人之多，占全班四分之一左右，这些学生又很快成为中文系各门专业课程的教学骨干，从现代汉语到古代汉语、语言学概论，从文艺学、现当代文学到外国文学，以至于有人戏称：1977级的留校学生，几乎就能开出中文系的主要专业课程来。这也直接造就了华东师范大学中文系在二十世纪八十年代生机勃勃的学术风貌。

一身傲骨，敢说诤言

徐中玉先生与钱谷融先生一直是至交。从二十世纪五十年代初因院系调整而由大夏大学、圣约翰大学、光华大学等校合并组建为华东师范大学始,徐先生从沪江大学、钱先生从上海交通大学几乎同时调入新组建的华东师范大学,两位先生经历了近70年华东师大风风雨雨的发展历程,他们的身上几乎贯穿着一部华东师范大学的校史。我在母校从本科读到博士,再从毕业到执教的20多年里,常在校园内看到两位先生的身影。2014年12月,德高望重的徐中玉先生和钱谷融先生同获第六届上海文学艺术奖"终身成就奖"。八十年代中期,我跟随钱先生攻读中国现代文学硕士研究生,后来又在中文系执教,其间以及后来在不同的场合都亲耳听到钱先生十分敬佩地说起徐先生:"他实在是又能干,又肯干,敢作敢为,只要义之所在,他都会挺身而出,绝不瞻前顾后,不像我这个人,又懒散又无能。"

确实,徐中玉先生爱憎分明,敢怒敢言,我曾听钱先生说起过一件事:五十年代中期,华东师范大学中文系教授、著名作家施蛰存先生曾在一次会议上受到了粗暴对待和批判,旁人皆噤若寒蝉,唯有徐中玉先生挺身而出,为他辩解,结果自己不仅遭到批判,还和施蛰存先生、许杰先生等一起被打成"右派",被剥夺了上讲台的资格,直到"文化大革命"结束后才恢复名誉。对此,徐先生无怨无悔。施蛰存先生复出后,给我们1977级开过一门"中国古代文学作品选"课,那年他75岁。这是他复出后给本科生亲自讲授的唯一一门大课,他以深厚渊博的学术功底、风趣生动的讲课风格赢得了1977级学生的好评,有不少同学正是在他的影响下,开始热爱和研究中国古典文学的。可惜施先生在授课结束不久,即检查出患了直肠癌,做完手术后就只在家给研究生授课了。2003年,恰逢施蛰存先生百岁和徐中玉先生九十岁寿辰,母校中文系为他们祝寿,著名诗人王辛笛先生为两位寿星分别写了旧体贺诗。就在这年下半年,施蛰存先生最后一次入院，徐先生去华东医院探望他，此时施先生已无法说话，但却听出了徐先生的声音，向这位曾患难与共的老友招了一下手。徐先生在施先生病榻前坐了一个多小时。次日凌晨，施先生就离开了人世。等徐先生再次赶到华东医院时，已是人去床空，但是徐先生坚信："他的各种贡献能够长期产生影响，留给后世。"一生坎坷、历经磨难的一代文学大师施蛰存先生，有徐中玉先生这样的至交，也应该是一生无憾了。

写推荐信，唯才是举

徐中玉先生疾恶如仇、大义凛然的崇高威望和人格魅力，不久，便对推荐我成为香港大学博士候选人起了决定性的作用。当时，我打算研究抗战时期中国现代作家如许地山、戴望舒等在香港期间的文学活动和创作，因为许多重要的文学史料都收藏在香港大学冯平山图书馆内，所以想申请香港大学中文学院的博士候选人。申请需要有两位学术推荐人，我就找到了徐中玉先生和香港中文大学的卢玮銮（小思）教授，他们很快为我写了两封推荐信。推荐信寄去不久，我就收到了香港大学的博士候选人录取通知书。虽然后来由于赴港的种种限制，即便香港大学一再给我延期就读的机会，我也未能如愿入学，但徐中玉先生为我这个学生亲自写推荐信和对我的关爱和支持，我一直铭记在心。后来，我出国回来，已过了当年报考博士生的时间，他和钱谷融先生又推荐我回母校先旁听后参加考试，次年我考上了博士研究生，之后提前一年通过论文答辩并获得了博士学位。

还有一件事也是难以忘怀的，就是我2002年底之所以离开母校调入同济大学，其实也是受到了徐中玉先生和钱谷融先生的鼓励和支持。此前，我与时任同济大学校长的吴启迪教授在一次活动中相识，她告诉我同济大学正在恢复筹办中文系，力邀我作为引进人才前去助阵。我就把此事对两位恩师讲了，征求二老的意见。徐先生对我说起了往事：二十世纪四十年代末他在沪江大学执教，时任同济大学文法学院院长和中文系主任的郭绍虞先生曾请他去同济大学兼职开课，"那时，同济大学是上海高校中学科门类最多的一所大学"，医、工、理、文、法，学科门类齐全，可惜五十年代初搞院系调整，把同济大学完整的学科体系全打乱了，医科连根移植去了武汉，即如今的华中科技大学同济医学院，文科、法学等全部并入复旦大学，又抽调其他院校的土木工程、建筑等系科并入同济大学，结果使得同济大学成了一所纯粹的理工科大学，直到八十年代李国豪校长重新执掌同济大学后才又开始恢复综合性大学的建校方略。"真是可惜啊！"所以，徐先生对我说，你如去了同济大学，还可以去见见同济大学民盟的主委江景波教授，他也是同济大学前任校长。

2013年10月，同济大学中文系终于请来徐中玉先生和钱谷融先生出席会议。这时，徐先生已是虚岁99岁，钱先生95岁，两位手捧鲜花的高龄老人，鹤发童颜，精神矍铄，仿佛岁月已在他们身上停驻。

九旬主编，彪炳史册

就这样，在徐先生的鼓励和支持下，我从母校调入同济大学，正好赶上了同济大学中文系挂牌。离开母校之后，徐中玉先生和钱谷融先生仍然经常鼓励我教学之余在学术上不懈努力,所以我自觉比较像样的论文,也会拿给徐先生看,有些他认为可以发表的就留下来,我有几篇学术论文就发表在徐先生主编的一级期刊《文艺理论研究》上,如《海外华文文学理论研究的开端与突破》(载于《文艺理论研究》2004年第2期)等。当时,年届九旬的徐先生除了担任由他主持创办的"中国文艺理论学会""中国古代文艺理论学会""全国大学语文研究会"三大全国性学术社团的名誉会长,还担任他主持创办的《文艺理论研究》《古代文艺理论研究》的主编,他主持创办的还有《词学》《中文自学指导》(今改为《现代中文学刊》)等一批学术刊物,从而使得华东师范大学中文系无论是挂靠的全国学术社团还是学术刊物数量,都稳居全国第一。这些学术资产,为华东师范大学中文系学术传承可持续发展奠定了良好基础。徐先生担任刊物主编,并非像有些人那样只是挂名而已,他是实实在在的终审主编,每一期数十万字的终审稿,都是他亲自审阅和把关的。试想,一位年逾九旬的老人,孜孜矻矻伏案审读每一期稿件,需要怎样的毅力和精神呵!

最近几年,已过百岁的徐中玉先生日渐体衰,尤其是患上了失忆症,使他陷入了认知障碍。我每次去华东师大二村看望钱谷融先生,都想去看望一下徐中玉先生,可是钱先生告诉我说,他已经很多人都不认识了,所以我只好打消了去看望他的念头,只在心底默默地祝福他老人家健康长寿,安享晚年。2017年9月28日,99岁的钱谷融先生与世长辞。当电视新闻里播出钱先生的生前照片时,徐中玉先生突然清醒了,指着钱先生的照片说:"这个人,我认识的。"如今,比钱先生年长4岁的徐先生也走了,他与钱谷融先生、施蛰存先生,还有许杰先生等生前曾经患难与共、相知相交的挚友,终于可以在天堂相聚了。

或许,已经走进了中国知识分子的精神史的施先生、钱先生、许先生他们,会用这样一副长长的对联来赞许徐中玉先生的人格与才干:

运筹帷幄,八面经营,三学会,十学刊,泽被岂止中文学科;
仗义执言,一身正气,仰对天,俯对地,彪炳何须官宦汗青。

在我们后学的心目中,无论怎么形容,徐中玉先生都是当之无愧的。

2019年7月18—20日写于上海

魏晋风度，坚守"人学"
—— 记导师钱谷融先生

二十世纪八十年代中期，我师从钱谷融教授读研究生整整三年。认识他则更早些，七十年代末，我作为"文革"后恢复高考的首届考入华东师范大学的学生，在中文系读本科期间，就曾聆听过他关于《雷雨》中的人物分析以及文学之魅力的精彩讲座，还曾选修过他和徐中玉教授合开的"文艺学专题"课。不过，那时候我所认识的钱先生（几乎所有钱谷融教授教过的学生，都称呼他"钱先生"，这一声"先生"有着十分尊崇、敬仰之意 —— 笔者注），只是《论"文学是人学"》和《〈雷雨〉人物谈》的作者，只是国内颇有声誉、理论上颇有建树的教授。

"文学是人学"

我之所以拜这位当时口碑甚好的著名学者为师,完全是缘于一个十分偶然的机遇。我大学毕业留校之初曾在校图书馆工作过一段时间。不久,便得知钱先生将在本校范围内招收在职研究生。那时,我正在"全国高等学校图书馆青年干部进修班"进修,有8门图书馆学课程要考试。但一听到这个消息,就很想搏一下。于是,我就在应付图书馆学课程的同时,开始重新复习外语、政治及专业课程,做考研的准备。

就这样,草草复习了两三个月,便匆匆踏进了考场。在当时考的六门科目中,除了外语、政治在60分及格线以上,几门专业课程的分数都不算太高,只有一门"作文",先生给了我85分,这算是当时几届研究生中较高的分数了。后来先生多次提到我这篇题为《我的理想》的作文,也许就是这篇作文使他决定收我做研究生的。其实当时我在考场上一见到这题目,就觉得有满肚子的话要倒出来。所以非但草稿都没打,而且在考场内第一个交了卷。

我真正认识他并了解他的性格和为人,是在1983年9月我考取了他的研究生之后。那时他已年过花甲,但精神矍铄。那一届在职研究生,先生只招了我一个。我考上研究生后的很长一段时间内,很少听到他提起"文学是人学"的理论。但他的这一理论却潜移默化地贯穿在他的言行举止和教学实践中。他在《论"文学是人学"》中说过,"这句话的含义是极为深广的"。其中就包含着为文和为人,是应该统一而不能割裂的。先生给我上的第一堂课就是"文学是人学"。他说，文学是人写的，文学也是写人的，文学又是写给人看的，因此，研究文学必须首先学做人，做一个文品高尚、人品磊落的人，这是人的立身之本。先生严肃地指出，他喜欢踏踏实实做学问的老实人，讨厌东钻西营搞关系的投机家，对自己的学生更是如此要求。他语重心长地说，一个人的精力总是有限的，要把主要的精力最大限度地放在做学问上，而不要放在人际关系的斡旋上。从某种意义上来说，人品比文品更要紧，人格比才学更宝贵。他希望我能像在作文中所写的那样，如饥似渴地探求知识和学问，以弥补"文革"中被迫失学的光阴。

这第一堂课，给我以很大的震动。在当时历经"十年浩劫"之后党风、文风和社会风气尚未根本好转的情形下，先生的这席话，犹如黄钟大吕，它告诫并提醒我该怎样去走人生的路，该怎样摆正做人与做学问的关系，该怎样理解"文学是人学"的多重含义。1985年，先生推荐我去兰州参加一个中国现代文学讲习班，不少人得知我姓钱，又是先生的研究生，误以为我是钱谷融先生的什么亲属，因为当时大学教授招收自己的亲属当研究生的事，并不少见，殊不知先生对这样的事情是十分警惕的。钱先生的一对儿女，一个弹一手好钢琴，另一个执教英语，后来都去了美国深造，没有一个继承父业。对此，先生一直很坦然，他说，路由他们自己选择，顺其自然为好。

"无为而治"

我在跟着先生学做人的同时，也跟着先生学做学问。他指导研究生的方法很特别。他并不像如今一些导师那样从头至尾地满堂灌,也并不指定我非得啃许多佶屈聱牙、深奥难懂的理论书籍,他只是反复强调两条治学经验:一是尽量多读、精读古今中外第一流的文学名著,只有多读好作品,才能真正懂得什么是文学,"读书,一定要读好书";二是要多写、多做读书札记,不必鸿篇大论,三五百字也可以,但必须是自己的心得和体会,不要重复别人的话,"写文章,一定要有自己的看法和见地"。至于具体读哪几本书,写什么内容的文章,用怎样的方法表述,那完全由研究生自己决定,先生从不强求研究生按照他的思维方式做学问。他鼓励我们尽量开拓视野,广泛涉猎中外文学名著。他说,你没读过托尔斯泰、曹雪芹等一流作家的作品,你就不会懂得什么是真正的文学。优秀的文学作品都是相通的,是可以超越国界的。所以,我那时就选修了王智量老师开设的"屠格涅夫研究"和倪蕊琴老师开设的"托尔斯泰研究",这两门课的作业后来都作为论文发表了,写托尔斯泰"心灵辩证法"的那篇文章还受到先生的赞许和推荐。

作业写完交给先生,他总是认真地看。好的文章他极力向外推荐;不足之处,哪怕一两个词语用词不当,他也不放过。记得我在读研期间出版的一部编著《庐隐选集》的《编后记》中用了"如数家珍"一词,我自己从未感到有什么不妥,编辑也未加修改,直到书出版后赠送给先生,他向我指出这个词语用在此处意思不对,这才意识到粗枝大叶的危害性,可惜为时已晚,白纸黑字,木已成舟。先生常说,文学是语言的艺术,汉语的每个字、词都有其特定的含义,虽不是一字千金,但也切不可信手拈来,胡乱套用,尤其是中文系毕业的学生,遣词造句用字更应慎之又慎,尽量要做到准确妥帖,否则要贻笑大方。他还举过一些文学前辈在这方面的严肃认真的例子,说以前某某作家稿子已投寄出去,想起某个地方需修改,立刻写信去编辑那儿要求更正,以此提醒我们文章在寄出去发表之前一定要反复多看几遍。先生平日待人宽厚仁慈,但他治学态度的严谨认真、一丝不苟,于此细微处可见。

先生给历届研究生上课讲的内容都不多,他经常举《艺术哲学》的著者、法国大文豪泰纳(也有译为丹纳)的例子。泰纳曾对他的学生说:"我对你们不会有很大的帮助,一个人学有成就,主要靠天赋和努力。天赋是你们的父母给的,我无从改变。努力与否是你们自己的事,我也无能为力。我能做的,只是在某些时刻给你们一些忠告而已。"先生认为,泰纳的话不无道理,但更重要的是要发现、识别学生的天赋,帮助他们认识自己的才情、气质和文学感悟的能力,尽量扬长补短,让他们充分发挥自己的学习创造力。曾经有人把钱先生这种带研究生的方法称作"无为而治",不管这话说得正确与否,从二十世纪七十年代末指导许子东、王晓明、戴光中等首届硕士研究生开始,到二十世纪末带出以写小说出名的博士生格非等"关门弟子"(2015年格非因长篇小说《江南三部曲》而荣获中国文学最高奖——第九届茅盾文学奖——笔者注),20多年来,他培养和造就了数十位已戴上硕士、博士帽的"钱门弟子",其中的不少人已成为文学研究领域的优秀人才与后起之秀,受到海内外学术界的瞩目,他也因此而在研究生界享有"北王(瑶)南钱"的美誉。

文学的品格

先生非常重视一个人的学(学问)、才(才气)、识(识见)。他认为，作为一个文学研究者，学问应当渊博，研究现代文学的，也要懂文艺理论、古典文学和外国文学，古今中外的优秀作品都应该有所涉猎，千万不要自我封闭，只关注某一学科。人的才气不能浪费，有人擅长理论研究，有人善于作家评论，有人对作品解析有独到之见，还有人精通文学史料，这些都是才能，要独辟蹊径，充分发挥自己的特长。一个人总有自己的长处和短处，所以不必妄自菲薄，硬着头皮去搞不适合自己的志趣和才情的课题，这只会埋没自己的才华。他强调，最不容易的是识见，它既是一种眼光，更是一种胆识。

有一件事我至今都难以忘怀。有一次课间，先生问我近来读了哪些作品，于是我谈到了邓友梅先生的小说《烟壶》等作品，言辞中大加赞赏。先生当时没看过这篇作品，事后特地找来看了，并约我去他家，坦率地跟我交换了自己的意见。他说，《烟壶》确是一篇非常出色的京味小说，犹如一幅清朝末年的京华风俗画，应该列为能够流传下去的作品之一；但是，如果按照古人钟嵘把诗歌分成上、中、下三个品第那样去划分的话，那么，像《烟壶》这样的作品还够不上文学中的上品。接着他举了另一位作家冯苓植的小说《驼峰上的爱》加以比较。他认为，论作者的艺术功力，邓友梅应在冯苓植之上；论作品的结构、文字，《烟壶》也在《驼峰上的爱》之上。然而，读《烟壶》时并没有使人十分激动，只觉得是看一则曲折委婉的传奇故事；而《驼峰上的爱》所描写的母驼阿赛与小女孩塔娜之间那纯朴而真挚的超越物种的爱，却使人深深地感动。真正优秀的好作品，首先应该具有打动人心的艺术力量。世界上的文学作品浩如烟海，而文学研究者、评论家的任务是要发现、筛选出优秀的作品来，还要能够区分作品的优劣高下，这就需要有一定的眼光与胆识。眼光是需要磨砺的,第一流的好作品读得多了,眼光就会慢慢敏锐起来。胆识则更需要勇气,作为一个文学研究和评论者,不管什么人的作品,要么不谈,要谈就要谈自己的观点和见解,而且要直言不讳,谈深谈透;只要言之成理,就不必顾忌是否符合某些人的口味,是否与作家本人,甚至是某位理论权威的意见相悖。因为,对于文学的真诚态度,是每个文学研究和评论者都必须具备的品格。

先生常常强调,一个好的文学批评家首先应当是一个好读者。他曾说过:"说到文学,我最大的兴趣是欣赏。我喜欢读书,更喜欢自由自在地、漫无目的地读书。我一直比较懒惰,我愿意多看,而害怕写作,偶然动笔,也大都是受到外界的催逼。"不过,"一旦动笔写作,我是力求在文章中讲自己的话,决不作违心之论。古人云'修辞立其诚',为文而不本于诚,其他就无足论了。"他还跟我说过这样的肺腑之言:"一个人的心态很重要,老是想着向社会发布自己的新见解,老是担心别人将你遗忘,不把你当回事,内心就会焦虑不断。在这种焦躁心态驱使下看书、写作和发表谈话,说话的腔调和论说的尺度难免会有些变形。经别人一反驳,破绽暴露在光天化日之下,更是进退失据,方寸大乱。所以,不要做那种勉为其难的事,自己是什么样的人,要有自知之明,自己是怎么想的,就老老实实将这些想法写出来,如觉得自己吃不准,就不要装腔作势,强作解人。很多人一辈子都在盲目追赶时代的潮流,要摆脱这种人生的惯性,的确很难。一些人吃亏就吃亏在一辈子处于赶潮流状态。"

记得有位哲人说过,生活中能遇到一位好老师,是人一生的幸运。许多年以后,我都常常暗自庆幸,自己遇到了一位使我懂得了什么是文学和人性而且终身受益的导师。

生活的乐趣

1986年研究生毕业后，我调入华东师范大学中文系现代文学教研室执教，成了先生的同事。虽然不再经常去先生家聆听他的教诲，但先生仍然像以前一样关心我，有了事情也会打电话找我帮忙。后来我有了儿子，曾带着儿子一起去看望过先生，先生很是喜欢，拿出各种吃食，招待这位虎头虎脑的小客人。那时，一直在他身边长大的外孙已去了美国，他感到很是寂寞。先生是十分喜爱孩子的。他从来就不是那种皓首穷经、钻在故纸堆里难以自拔的苦行僧，他热爱家庭和睦、儿女绕膝的温馨生活。后来每次见到我，总要问一声我的孩子和家人身体可好，然后说自己老了，头发不仅白了而且掉得很多。但他的精神与神情，则越发显得健旺和真率，有时甚至显出发自内心的孩童般的天真来。

他一向喜欢丰富多彩的生活，喜欢到处走走看看。他的这种"好动"的性格，使他年逾八旬还常常出差。2001年9月，重庆师范学院邀请他赴渝为该校"尤今研究中心"揭幕。我也收到了活动邀请，主办方怕钱先生年事已高，特地关照我在旅途上对他多照顾些。于是，我去旅行社订了机票，陪他飞赴重庆。他告诉我，此次赴渝，除负有揭幕的使命外，他还有两个心愿：一是凭吊故地，抗战时期他在重庆中央大学念书，旧址就在重庆师范学院所在的沙坪坝，这里给他留下了太多太多的回忆；二是希望能在回程时再亲眼看看三峡，因为他担心三峡工程上马后，以后三峡景观就会大打折扣。所以，我和东方出版公司的编辑杨雁女士商量后，决定回程时走水路，一起陪同先生在重庆至上海的长江客轮上度过五天四夜的航程。

那些年,重庆至上海的长江客轮客源每况愈下,船舱很是破旧脏乱,虽然给先生买的是二等舱,价格比重庆飞抵上海的机票还贵,但待遇可实在不敢恭维。尤其是伙食,完全由私人承包,价钱虽然尚可承受,饭菜却是难以下咽。一般去南京、上海的旅客都是从重庆上船,等看过了三峡,就在宜昌下船,再改乘飞机,或是到武汉下船,改乘火车。可是先生却在这条未免显得寒碜的客船上安之若素。一上船,他就把钱包交给我,要我"代管",然后关照我:我们三人的伙食均在他的钱包内开销。他的钱包里有一笔钱是他这次去西南师范大学的讲课费,充当五天四夜的伙食费绰绰有余。开船后,由于船上的米饭实在太硬太糙,先生便提出,每天替他买一瓶啤酒。于是,早餐是粥、馒头加酱菜,午餐和晚餐则各半瓶啤酒,夹些菜佐酒。我们担心他不吃米饭身体会吃不消,他笑嘻嘻地说啤酒本来就是粮食做成的,所以用不着担心。就这样穿三峡、过葛洲坝,80多岁高龄的钱先生喜欢坐在船尾的甲板上,怡然自得地观赏沿途的自然景致,兴致之高,连我和杨雁两位比他年轻得多的女士都自叹弗如。到了武汉,客船在汉口停留两个小时。钱先生便要我们陪着上岸去走走,顺便打打牙祭。我们三人从客船码头一直步行到汉口闹市最著名的一家老字号点心店,点了些热干面、豆皮等武汉的著名小吃。美美地饱餐一顿之后,才返回船上,继续顺流而下的长江之旅。这段五天四夜的长江旅程,我至今想起来,都觉得是人生的一次难忘经历。

钱先生自华东师范大学正式退休后,尤其是他指导的最后一届博士生也毕业之后,有一段时间颇感寂寞。其实他的社会活动也还不少,上海市作家协会、华东师范大学有活动,常常见到他和徐中玉

辑三 师恩难忘 / 177

先生的身影，但对于教了一辈子书、喜欢和学生（年轻人）接触的钱先生而言，对于退休之后的"清闲"他还是有些失落感。师兄殷国明住在师大，他是先生十分钟爱的学生之一，也是"钱门弟子"中与先生接触最多的一位。每周他都要陪先生下两次棋，以帮先生"解解厌气"，这样坚持了多年。虽然先生还是渴望与更多的学生交流和沟通，但他也知道我们这些昔日的学生如今每人都有一摊子杂七杂八的事情缠身，他向来就是一个不太愿意麻烦和打搅别人的人，直到老年仍是如此。跨入二十一世纪后，为了能和我们多一些相聚的机会，他一年中竟"请客吃饭"好几次：北京大学严家炎教授来沪，他做东要我们陪同；那篇《谈王元化》的散文获了奖，得到一笔奖金，他高兴地打来电话约我们到"西湖人家"吃饭。后来，我们一些留沪的"钱门弟子"，恢复了每过新年请钱先生和师母杨霞华先生聚餐的"传统"。2003年9月底，恰逢先生85岁（虚岁）寿辰，由师兄王晓明召集，"钱门弟子"聚集在"上海城"为先生祝寿，连在苏州、宁波的几位师兄都齐齐赶来助兴。看到钱先生和夫人杨先生鹤发童颜、兴高采烈的样子，我不由得感慨：光阴荏苒，但时光竟然似乎不曾从先生和他的夫人的心上走过。我无意中谈起，明日要请自己的几位研究生来家吃饭，因为他们有好几位都是从外省市考来的。钱先生笑着跟我开玩笑："你以后要像我这样由学生请客吃饭就好了。"言语中透着几分得意，还有几许天真。

《散淡人生》

每当钱先生出了新著，总会认真地题了字赠我一本，如《文学的魅力》《艺术·真诚·人》《中国当代大学者对话录·钱谷融卷》《散淡人生》等。其中他最珍爱的,是他的首本散文结集《散淡人生》,它向读者展示了先生在学术著述之外的另一种真性情,另一面"自我"的真实画像。先生在"序"中对此书的出版表示了格外的欣喜,他说:"我感到莫大的欢喜。这样的欢喜,是过去从未有过的。即使是第一次看到自己写的东西被印刷出版时所感到的那种欢喜,也不能与此相比。其原因主要就是这里面真切地记录了我早年的心路历程,刻印下我青年时代所尝味的种种哀愁。"

这本散文结集的最大的艺术特点,我以为也正是体现了先生不论做人还是为文都一贯主张的"真切"二字:抒真情,说真话,道真理,求真趣。无论是少作中的抒情摹景、谈文论艺,还是近作中的怀人忆旧、作序言志,皆贯穿着始终如一的对真、善、美的事物的崇尚与追求。先生曾在《〈艺术·真诚·人〉后记》中坦言:"在现实生活里,我最不喜欢的是拘束,最厌恶的是虚伪。我爱好自由,崇尚坦率,最向往于古代高人逸士那种风光霁月、独往独来的胸襟与气度。名、利我并不是不要,但如果它拘束了我的自由,要我隐藏了一部分真性情,要我花很大的气力才能获得,那我就宁可不要。我决不愿斤斤于烦琐委屑的小事,我的情趣常逗留在一些美妙的形相上。"

记得有次曾跟先生谈起过一个人如何面对时代潮流的问题。他说到了自己,"我想我这辈子很多时间是与时代潮流擦肩而过的,不是说我有什么先见之明,而是很长时间我被打入另册,做了38年讲师,环境逼迫着我接受这样的生活状态。最初遭排斥,错过了宝贵的机会,会有一点懊恼,甚至内心痛苦。但每次都错过,就像赶车一样,你知道反正赶不上,那就不赶了,慢慢走,慢慢看,看多了,自己也会有一点人生感悟,尤其是与周围那些永远唱高调的人物相对照,我慢慢明白了一点道理。世界很大,只要自己用心去做一件事,没有做不成的。很多人生的道理,都是慢慢体会出来的,积少成多,时间久了,会有一个质的变化。"

所以,要了解钱谷融先生的世界观、人生观、文艺观以及处世哲学的话,最好还是读读他的《散淡人生》,它将先生"宁静以致远,淡泊以明志"的人生哲学,表达得再清楚不过了。而要了解先生是怎样睿智达观地知人论世、待人接物的,就更应该读读这本书中的《我的老师伍叔傥先生》《哭王瑶先生》《悼唐弢先生》《曹禺先生追思》《关于戴厚英》《谈王元化》等篇,这些散文并非只是简单地记叙先生与他们的交往,而是写出了先生对这些故人至交的真情实感,读来真是感人至深。

《散淡人生》,其实是真诚坦然地充实人生,宽厚温良地善待人生,从容舒缓地面对人生,宁静恬淡地回味人生。而人生的滋味,尽在其中的"散淡"二字上。我以为这正是先生近百年来生命与生活的真实写照。

附录:

近访钱谷融先生

2月12日,大年初五,去给导师钱谷融先生拜年。前几年,我因为出国执教或是身处外地,过年时都只是在电话里给他口头拜个年,已有好几年没有上门探望他了。那天天气晴朗,冬日难得一见的阳光洒下来,人心觉得暖洋洋的,于是就骑车去了华东师大二村先生家。已年届98岁高龄的钱先生,看见我分外高兴。我见他的外孙外孙媳阳阳夫妇也住在他家,还有了一个可爱的重外孙女,名叫宝宝。我问先生,阳阳什么时候从美国回国的。先生说,回来有几年了。杨先生(钱先生的老伴杨霞华教授——笔者注)走了以后,在美国的女儿不放心他,正好阳阳被派到浦东的上海花旗银行工作,和他住在一起,可以照顾他。我就恭喜先生如今是"四世同堂"啊。他笑说,是啊,时间过得真快。然后他问起我儿子的近况,我告诉他,儿子去法国留学快9年了,一直享受法国教育部的奖学金,今年暑假就博士毕业了。他听后由衷地称赞:"真好!真好!"那天我见已近百岁的钱先生精神矍铄,思路清晰,谈吐风趣,一点也不像是个耄耋老人,便请他提笔为上海钱镠文化研究会会刊《上海钱镠研究》(正式出版时更名为《钱镠文化》——笔者注)题写刊名。钱先生欣然应允,一边说着"我的字是最不上台面的,不要嫌弃就好",一边握笔题写了刊名,几个大字遒劲有力,颇有几分宋徽宗"瘦金体"遗风。近中午时,阳阳夫妇要带宝宝外出聚餐。行前,阳阳为我和钱先生照了几张合影。到了午餐时间,我也就向钱先生告辞,和阳阳夫妇一起离开了。回来后,在朋友圈晒了几张与钱先生的合影,不料竟获数十人点赞。我当时写了一段话:"年初五。给已届98岁高龄的导师钱谷融先生拜年。钱老精神矍铄,思路清晰,握笔题字刚劲有力。岁月荏苒,当年考卜钱老的研究生,1986年毕业获文学硕士学位,距今整30年。途经母校,华东师大静谧安宁,熟悉的校园,往事历历在目。正如那幅标语所写:'日月轮回,不改初心'!"

过了几天,上海钱镠文化研究会会刊创刊号正式以刊名《钱镠文化(上海)》出版。这一期创刊号最后选用了美国科学院、工程院、医学院和艺术暨自然科学院四院院士,加州大学圣地亚哥分校惠特克生物医学工程研究院院长钱煦教授题写的刊名。钱谷融先生题写的刊名未能用上,我一直感到遗憾。之后,从春至秋,因一直忙碌,没有机会再去钱先生家,请他重新题写刊名。直到不久前想起9月28日是钱先生98岁的寿辰,便将《记我的导师钱谷融教授》,投给了《上海采风》杂志,想以这篇小文,表达我对先生的敬仰和祝福。没想到,很快便收到了刘巽达主编的回复,说稿子不错,留用。过了一天,又接到美编小潘电话,希望要一张钱先生题字的清晰照片。我随即拨通了钱先生的电话,问候之后,便说想跟他约个见面时间。他声音洪亮,中气十足地在电话那头说:"非常欢迎你来。什么时候来都可以。"我就跟他约了下午三点。

下午三点,我到了钱先生家。在走廊里跟他家保姆聊了几句,便走到他住的那间卧室兼会客室。在门口,我看到钱先生戴着老花镜,端坐在一张靠背椅上,手上拿着一本淡紫色封面的《中国现代文学研究丛刊》,正在翻阅。他隔着走廊在屋里就听出是我到了,站起身,迎我进屋,年近百岁高龄,如此耳聪目明,真不能不让人感叹。他指着屋里的两张椅子问我要坐哪一张,随后问我要喝咖啡还是茶。我说茶吧,他便吩咐保姆为我沏茶。我落座后,看到先生那天特地穿着一套簇新的米灰色毛料西装,心里不无感动。想起认识先生30多年,除了偶然生病不能起床,每次见客或是赴会,他总是衣冠楚楚,着装齐整,给学生上课时更是西装革履,从未见他衣着随便,不修边幅。这既是对客人的尊重,也是自我良好修养的体现。

那天,阳光洒在屋子里,钱先生谈话的兴致分外高。我先是说起11月下旬在北京将要召开中国作家代表大会,我知道钱先生和徐中玉先生都是代表,便问他会不会出席,他说会去的。我问他身体吃得消吗?他说:"吃得消,我每天走路,去长风公园走一圈。"其间我口误,把这届作代会说成了第八届,他纠正我说:"是第九届作代会。"接着我拿出《钱镠文化》创刊号给他看,他还打趣我说:"哦,原来你是资深主编啊。"我说:"哪里呀,是别人随便印上去的,我只是约了几篇稿,对文稿做了一些修删而已。"我告诉他,创刊号选用了美籍华人科学家钱煦院士题写的刊名,并简单介绍了钱煦教授的科学成就。他认真地翻看了一下创刊号目录,其中有著名学者钱穆先生的遗作《中国文化对人类未来有什么贡献》、华东理工大学原校长钱旭红院士的《改变思维(上)》、上海钱镠研究会前任会长钱汉东先生的《慎终追远,高山仰止:我与钱王文化结缘》等。他感叹说:"我们钱氏家族,真是人才济济。"他说还记得小时候,武进老家的门上总是贴着"钱塘望族铁券名家"的条幅。"钱塘望族",说的是钱氏祖先武肃王钱镠及其子孙,文武双全,创建杭州,富甲一方,钱氏成为浙江名门望族;"铁券名家",则指唐昭宗皇帝派中使焦楚煌向钱镠颁发金书铁券,以表彰武肃王的丰功伟绩。他还跟我提到当年在无锡师范的一位同窗,名叫钱竹君,说:"他是宜兴人。不知你老家有没有人认识他。"

谈话间,我把拙文《记我的导师钱谷融教授》的复印件给他看,跟他说起《上海采风》准备刊发。他说《上海采风》杂志我有的,这份杂志的主编是我们华师大中文系毕业的。

那天,钱先生兴致特别好,跟我谈了一个多小时。还请他的亲家,即他重外孙女宝宝的外婆替我们拍合影照。趁钱先生兴致和精神都好,我便请他为《钱镠文化》重新题写刊名。他欣然应允。我带去几支笔,他挑了其中的两支。一边照例说着"我的字是最不上台面的,不要嫌弃就好",一边用粗细不同的笔写了两遍,说两幅字由你们挑一幅合适的。

　　我请钱先生也为《上海采风》题几个字。他不假思索地挥笔写下了"上海采风,博采众长"几个大字。

写于 2016 年 11 月 5 日

先生风范，山高水长
—— 忆施蛰存老师

距抗击"非典"结束不到半年，一切又恢复如常。我是在匆匆出门赶赴浦东机场之前得知施老驾鹤仙逝的噩耗的。2003 年 11 月 20 日早晨，当收音机中传来施老于 11 月 19 日上午在华东医院安然离去的讣告，我浑身一震，仿佛血液凝固了几秒钟。随后我悲哀地感到，一个属于二十世纪的"现代"文学的时代，真正结束了。尽管施老生前曾经自言"我是二十世纪的人，我的时代已经过去了"，但我却从不这样认为，或者是我从来也不愿相信，像施老这样一生同时开启四扇窗户——现代派小说创作的"东窗"、西方文学翻译的"西窗"、古典文学研究的"南窗"、金石碑版考据的"北窗"的学界泰斗与文学大师，被誉为"百科全书式的专家"，会随着二十世纪的过去而过去。我总是觉得，施老不但属于二十世纪，他也属于二十一世纪。当我冒着倾盆大雨登上南去的飞机，在机舱里打开当天的《广州日报》，"中国现代派小说鼻祖施蛰存昨在上海逝世"，一行黑色标题赫然映入眼帘，我的眼泪再也忍不住了。飞机正在跑道上滑行，我撇过脸庞，望着舷窗外瓢泼如注的大雨，任凭泪水在脸上恣意流淌。

那年，施先生亲自给我们授课

施老是我们的老师，而且是名副其实的"老"师。二十世纪七十年代末，刚刚结束"文革"恢复高考，我便幸运地考上了华东师范大学中文系，成了高考恢复后的首届大学生中的一员。不久，施老即以75岁高龄重登讲台，亲自给我们1977级讲授"中国古代文学作品选"课程。后来才知道，是中文系主任徐中玉先生请他"出山"的。现在想来我和我的同窗真是幸运：我们是施老重登讲台亲自授课的唯一一届本科生。年逾七旬的他站在讲台上，逐字逐句地讲解《项羽本纪》，分析《陈涉世家》，告诉我们司马迁写《史记》的选择标准，为什么项羽是本纪，陈涉却是世家，司马相如则是列传，等等。一学期下来，这位年龄与我们相差半个多世纪的老教授，在我们那级"小"学生中人缘颇佳，我们既钦佩他的知识渊博、学贯中西，更喜欢他的平易近人、幽默风趣，丝毫没有一丁点儿著名教授的脾气和架子。从他的言行举止中，你完全看不出这是一位曾经长期遭受人生种种磨难和不公的老人。

我们当时颇感新鲜的是，他倡导一种"答疑"式教学法，即同学下课后可以把上课时没听明白或者想进一步厘清的问题写在纸条上交给他，他回家做了整理之后，下堂课再做详细解释，或者为提问者个别答疑。同窗中有几位老三届高中生，古代文学基础深厚，希望得到施先生的面授,他就写下愚园路的住址,欢迎他们上门交流。那时的不少大学生经历过上山下乡,求知欲旺盛,这几位学养丰厚的同窗中就有人真的去了他家。施老的家位于愚园路上一家邮电局的楼上。"文化大革命"中他家两间向阳的朝南房间均被造反派强行占据,他全家三代人住在终年晒不到太阳的朝北斗室之中,其居住的窘迫之状可想而知。粉碎"四人帮"后,施先生的教授身份得以重新恢复,但被强占的住房却仍未归还。同窗去登门求教时,施老就在难以转身的斗室中为之释疑。说是斗室,其实更是"陋室"。同窗回来感慨万分地说,若非亲眼所见,说出来也许难以置信,施先生家权充书房的竟是逼仄的卫生间改的:已被封闭、铺了坐垫的马桶上悬空搁了一块木板,就成了"写字台",施老就坐在这间"陋室"里坦然地接待来客,答疑解惑,丝毫没有任何不自在的神情。

施老是集作家、学者、编辑和翻译家于一身的文体大家,他生性豁达,为人宽厚,历经磨难而初心不改,提携后进而不遗余力。在与学生的交谈中,施先生引经据典,许多文献史料似乎都刻印在他的脑海里,信手拈来,令登门求教者啧啧称奇。我们1977级中有些同学正是在施老的影响下,开始专注于中国古代文学研究的。施先生后来出版的《唐诗百话》《外国独幕剧选》《花间新集》等开启古今中外四扇"窗口"的著作,正是酝酿、编撰于这间"陋室"。我的同窗回到学校后每每谈起在施老家的所见所闻,总是嗟叹不已。几十年过去了,每当想起同窗说的关于施先生当年身处"陋室"的窘迫之状,我仍止不住鼻子发酸,眼眶濡湿。

此后,施老不知给有关方面的领导写了多少封人民来信,要求归还被强占之屋,长达数年之久,竟仍未得到解决。直到二十世纪八十年代中期，当时党中央胡耀邦总书记亲自在人民来信上做了批示，责成有关方面落实知识分子政策，他们总算把鸠占鹊巢的一间向阳的朝南房间还给了施老，而另一间不知为什么却始终无法物归原主。数年后，我终于有机会去施先生家登门拜访，施老就是在家中这间唯一向阳的朝南房间里接待客人的，哪怕是远道而来的国外贵宾。

"想开了人也就活得自在了"

1989年4月，美国加州大学圣塔芭芭拉分校杜国清教授来沪出席学术会议。他来华东师范大学做了一个学术报告，是我接待和主持的。他提出会后希望能见见当年《现代》杂志的主编、硕果仅存的"新感觉派"小说家、华东师范大学教授施蛰存先生。他说他仰慕施先生很多年了。施先生是中国现代文学史上的著名作家之一，二十世纪三十年代就尝试以二十世纪现代主义文学技巧来写小说，成为我国心理分析小说的一代宗师。他在二三十年代先后出版过《江干集》《绢子姑娘》《追》《上元灯》《将军底头》《梅雨之夕》《善女人行品》《小珍集》等小说集。还主编过大型文学刊物《现代》杂志，鲁迅先生那篇著名的纪念惨遭杀害的"左联五烈士"的《为了忘却的记念》，当年正是经施先生之手发表在他主编的《现代》上的。除此之外，他还翻译了许多外国文学作品，又标点、注释、出版过大量中国古典文学作品。即使是1957年以后被剥夺了登上讲台、著书立说的权利，他也并没有放弃博览群书。经过数十年如一日的潜心钻研，施老成为中国当代文学界所公认的学贯中西、开启"四扇"窗户的文学"通才"。二十世纪七十年代末，华东师范大学恢复招收研究生，他成了"中国古代文学"专业的研究生导师,还主编《词学》等学术刊物。国外汉学界中有不少施先生的仰慕者和研究者。不过施老于1984年查出罹患直肠癌后施行了大手术,此后已基本上不出门,也不指导研究生了。我不无忐忑地打电话给施老,转达了杜国清教授想拜访他的意思。施老竟一口答应,并与我约定了会晤时间。4月8日下午,我陪同杜教授到了愚园路1018弄。弄堂口朝右拐,就到了施先生家楼下的后门。沿着那架上海石库门房子司空见惯的老式木楼梯,小心翼翼地摸索着上楼。楼道里很暗,楼梯既窄又陡,我想,住在这样的老式石库门房子里,对于一位动过大手术、行动不方便的耄耋老人而言,真是太受委屈了。上了二楼,穿过堆放着各种杂物的走廊,我在施家门口通报了一声,然后带领杜教授跨进那间集书房、客厅、餐室及卧房于一体的唯一向阳的朝南房间。

这是我第一次踏进施老家。面对这样一位重量级的学术泰斗,我起初不免有一丝拘谨。甫进门,施先生便微笑着站起来迎客。他的笑容,立刻将我的拘谨一扫而空。环顾四周,只见屋内南窗下放着一张硕大的写字桌,差不多占据了整个房间的四分之一。上面整齐地摆放着一沓沓书籍和文稿。靠西墙放着一只四面玻璃的装饰橱柜,里面放着施老收集来的各种瓷碟。他晚年除了钻研金石碑帖,还喜欢收藏各种古今瓷碟,一只只竖搁在装饰柜中,既是文物藏品,也颇具观赏价值。进门的两侧分别安放着两张单人小铁床,一张东西向、一张南北向,呈九十度直角展开,那是施老与夫人的床。两张床的"夹角"处正好嵌入一张方桌和几只靠背凳。我和杜教授进门后,宾主就围坐在这张方桌旁,从"现代主义"谈到弗洛伊德,从"新感觉派"谈到现实主义,无拘无束,谈得兴高采烈,毫无陌生与违和感。那天,施先生戴着助听器,穿一件天蓝色的套头羊毛衫,色彩明亮而又雅致时尚。杜教授问他如何做到多年身处逆境而独善其身,他答曰:"我年轻时在大学当教授,每月三百多银圆,月底没有余钱;后来我落魄了,薪水减掉很多,甚至每月只发'生活费',开销自然紧张。所以,钱多或钱少,对于我都是一样不够用,想开了就不会太计较名利得失了,人也就活得自在了。"听了这番话,我突然明白为什么徐中玉先生、钱谷融先生都说施蛰存先生为人最为潇洒豁达了。告别前,他与我们分别合影留念。

施先生慷慨好客,珍惜友情,乐于助人,以德感人,自二十世纪三十年代主编《现代》杂志始,他对于读者来信、质疑问难甚至是求购书刊都必定一一回复。他曾对华东师范大学出版社的一位资深编辑说过,数十年来他光是回信就写过一万多封。有一位素不相识的浙江农村的中学生喜欢集邮,向施先生索要邮票,施老竟多年如一日地将他收到的海内外来信上的珍贵邮票如数奉寄。作为文学大家,施老文友甚广,但凡故交旧识中有人遇到困难,他只要力所能及,必倾囊相助。如著名诗人、翻译家邵洵美,年轻时曾经一掷千金,在二十世纪五十年代却因生活无靠而出让藏书,彼时施老虽家累颇重,得知后也主动多次无偿资助。还有曾任山东齐鲁大学教授的著名学者谭正璧,二十世纪五十年代初因病辞职休养,此后一直靠撰文为生,因其出版的学术著作发行量小,稿酬偏低,也一直没有一个"单位"挂靠,生活维艰。复出后的施老为他多方呼吁,热心推荐,终于使他于1979年被聘为上海文史研究馆馆员。不久谭先生双目全瞆,然著述不辍,由其女儿谭寻据其口述整理成稿,正因文史馆员有一笔生活津贴可维持基本生活。还有现代诗人、作家兼学者李白凤,才华横溢,性情耿直,1957年被错划为"右派",开除公职后失业达20年之久,命运多舛,生活困顿,施先生则与他相濡以沫,从学术研究到生活琐事,多年来曾给予他极大的帮助。谁知1978年好不容易盼来纠正冤案予以平反,李先生因兴奋过度引起脑血管痉挛而不幸离世。都说患难见真情,在他最艰难的时刻,向他伸出援手的正是自己也被打入另册的施蛰存先生,这已成为文坛佳话。

施先生不仅对文坛故交重情重义,对慕名来访的年轻人也照样热情相待。据说多年前曾有一个自称爱好文学的青年人登门拜访,来过几次后,就以父母患病、生活困难为由开口借钱,施老信以为真,先后借给他五千多元。此人得钱后竟杳如黄鹤,一去不返。后来施老家人到其自称的工作单位查询,方知上当受骗。五千多元在当时几乎是一笔巨款,相当于施老半年的退休工资。家人颇有怨言,施老却不以为鉴,仍来者不拒接待宾客。有时他也感叹来客太多影响他的写作,但只要有客人登门,他照样会放下手中的笔,贵贱无欺,热情相迎。在他的身上,你很容易联想起印度大诗人泰戈尔的那句名言:"世界以痛吻我,要我报之以歌。"

"其实耳聋比眼瞎要好得多"

我第二次登门拜访施老,是在1990年11月下旬。这是受了《香港文学》主编刘以鬯先生之嘱托。10月间,我应邀赴香港中文大学进行学术研究。在港期间,趁隙拜访《香港文学》主编刘以鬯先生。承蒙刘先生慨允,得以补齐手头所缺的《香港文学》数期,甚是高兴。临行前刘先生特意托我返沪后向施先生转达他的问候,并约我写一篇有关近访施先生的文稿。此前不久,《香港文学》七月号刊载了《戴望舒逝世四十周年纪念特辑》,其中有施老亲自撰写的《诗人身后事》等文章。2004 年我在《文学世纪》上读到刘以鬯先生写的《忆施蛰存》,其中首次披露了这两位四十年代就已相识相交的文坛老友的晚年多封往来书信。

返沪后,我几次想去施老家,却欲行又止。虽然我毕业留校后,施先生已在家指导研究生,住院动大手术后,极少再出门,去他家一般不会扑空;并且我每次见到他,他总是面带微笑。说实话,在我所认识的那些德高望重的文学前辈中,除导师钱谷融先生外,我最喜欢跟施老这位乐观、机敏、充满生命活力和生活情趣的老师用沪语交谈,我特别喜欢听他用一口方言很重的普通话讲话或聊天,风趣生动,睿智幽默,天马行空,让人如沐春风。我的犹豫主要是打电话跟他老人家约时间,他在电话那头喊:"响一点,听勿出。"最后挂了电话。我下决心做一次施老家的不速之客。

11 月 24 日下午,我骑着自行车,穿过江苏路,一拐弯就到了愚园路。把车停在弄堂里,抬头看看天,天空有些阴沉,幸好没下雨。施老有个"怪癖":下雨会影响他的心情。所以下雨天你最好不要来,这是他从前关照过的。我再度走上二楼,在施老家门口通报,他的家人把我迎了进去。我看见施老正坐在那张硕大的书桌前看书。书桌很大,靠窗摆放,他从书桌上摆放的书籍后面抬起头来,认出是我,念着我的名字,慢慢站起身,移到方桌旁,招呼我坐下。

话题是从我这位不速之客的道歉开始的。他把手中的助听器对准我,要我大声点说话。他说,最近耳朵越来越坏,戴上这只"进口"的助听器也觉得声音太轻了。他说的"进口"的助听器,是前几年施老在美国的妹妹带给他的。我问他是不是两只耳朵都听不清,他指着右耳笑笑说,这只耳朵早就聋了,是四十年代初在厦门大学教书时,有一次躲日本人的飞机,在防空洞里被震坏的,当时以及后来很长一段时间都不知道,因为左耳是好的。一直到六十年代中期突然觉得听人讲话很吃力,医生一检查,才发现右耳的鼓膜早就震破了。"现在我需要一种强力的带有扩音器的助听器,能够把人家说话的声音放大,这样才能解决问题。"施老笑着对我说。我不知道他所说的这种助听器何处有售,正想对他说要不要托香港的朋友设法打听一下看是否有卖,他却又插一句:"其实耳聋比眼瞎要好得多,耳聋不影响看书,我平时看书,特别是写文章时,就把助听器拔掉。什么也听不见,倒也清净得很。"说这话时,施老简直像个顽童般露出了不无得意的神情。我也跟着笑了。我真切地见到了"听之不闻""恬淡虚无"的道家哲学现实版。在施老的身上,你会感受到什么叫"大巧若拙",什么叫"宁静致远"。

显尼志勒的小说,"我心向往之"

我笑着问他,最近还在写什么好文章,他粲然一笑,秘而不宣。我知道,写作和博览群书,早已融为施老生命的活生生的有机组成部分。我提及他的《春阳》《梅雨之夕》等"心理小说",告之有研究者把他称作是把弗洛伊德的精神分析法引入中国现代小说的第一人。他认真地说:"其实我写那些小说主要是受了奥地利作家显尼志勒的影响。"他在一张纸上写下了"显尼志勒"几个大字。当时弗洛伊德的精神分析法随着其《梦的解析》译本在中国的热销而十分流行,

"意识""潜意识""本我""超我""俄狄浦斯情结"等成了当时学术界的时髦话语,每天翻看多种报刊的施老不会不知道,但他却不愿搭顺风车,让别人轻易给自己贴上弗洛伊德的标签。他曾经明确地说过:"二十年代末我读了奥地利心理分析小说家显尼志勒的许多作品,我心向往之,加紧了对这类小说的涉猎和勘察,不但翻译这些小说,还努力将心理分析移植到自己的作品中去,接连出版了《将军底头》《梅雨之夕》《善女人行品》等集子,这一时期的小说,我自以为把心理分析、意识流、蒙太奇等各种新兴的创作方法,纳入现实主义轨道。"他还谈到之所以会对心理分析小说情有独钟,是因为显尼志勒把弗洛伊德对人的潜意识的分析运用到了小说中,他认为"这种心理分析小说,它从对人深层内心的分析来说明人的行为,对人的行为的描写比较深刻。我学会了他的创作方法"。

话题转到他前几年由上海古籍出版社出版的60万字的《唐诗百话》。这本著作初版2.5万册,再版5万册,短期内即销售一空,2014年9月还由陕西师范大学出版社出了最新修订版,页数厚达884页,可见其学术生命力之旺盛。还有施老编选的六卷本《外国独幕剧选》,已经发行了厚厚的四大卷。这是一项艰难而又浩大的文化工程,他以独特的艺术眼光挑选外国独幕剧作和译者,又以精细周详的编辑思路和策划方案使得这套书为中国读者所接受并受到欢迎。前四卷出版后口碑颇佳。我问及这套书的第五、六卷是否已出版上架,施老摇着头道:"前几日我突然收到厚厚的几个大邮包,打开一看,竟是《外国独幕剧选》第五、第六卷的原稿。我初以为是出版社退稿,后来才搞清,这两册书的纸型早已做好,但因为图书征订数达不到出版社规定的起印数,所以无法开印。出版社又没有那么多地方来存放原稿,只好寄还给我。"

二十世纪八十年代中期以后,商业化大潮席卷全国,对纯文学造成了极大冲击。至九十年代初,纯文学书籍,尤其是学术性著作,难出版早已不是新闻,许多作家出书都面临着"承包"的压力。我曾看到与我同一教研室的文学研究会会员、早期"乡土文学"作家许杰先生家中的走廊上,堆放着几百本新出版的《许杰散文选集》。可是从德高望重的施老口中说出他花了多年心血的书籍也面临"难产"的困境,我还是微微有些吃惊,忍不住问他近来还有哪些已交的书稿未能付梓,他随口就报出以下几部书名:

《外国独幕剧选》(第五、六卷),上海文艺出版社;

《花间新集》(宋、清两册),浙江古籍出版社;

《施蛰存创作十年集》,人民文学出版社;

《多情的寡妇》(暂名,译作),漓江出版社;

《外国文人日记钞》(重印),百花文艺出版社……

我随口说,《多情的寡妇》这书名不好,施老摇摇头道:"是不好。但没办法,责任编辑改的,他们要考虑书的销路。其实这是奥地利心理分析小说家显尼志勒的小说,我很喜欢他的作品,近年来我主要的译作都是翻译他的小说。"我知道施老所翻译的显尼志勒的小说大多是以女性为表现对象的。我又问,《花间新集》是什么内容,我从前读过赵崇祚辑录的晚唐十八家《花间集》。他解释说,《花间新集》辑录的是宋代和清代花间派的词作,实际上是《宋花间集》和《清花间集》,因前人未辑录过,故名"新集"。但新集无法开印,印出来或许已成了旧集。我不免有些黯然神伤。好在后来施老这些著作历经曲折,绝大多数还是得以出版与读者见面了:《外国独幕剧选》后经出

辑三 师恩难忘 / 195

版社编辑的共同努力，在经历了复杂的人事变动和市场浮沉后，历时11年之久，终于出齐。过了一年多，《花间新集》由浙江古籍出版社于1992年出版。再后来，又以《宋花间集》和《清花间集》由华东师范大学出版社再版。《施蛰存创作十年集》后以《十年创作集》之名列入《施蛰存文集》，改由华东师范大学出版社于1996年3月出版。包括《多情的寡妇》在内的显尼志勒小说三种译本后来作为《妇心三部曲》也由漓江出版社推出了，虽然书名施老仍然不太满意。只有施老编译的收有托尔斯泰、曼斯菲尔德、乔治·桑等外国作家的珍贵日记的《外国文人日记钞》，在1988年初版之后未见重印。

施蛰存与刘以鬯的书信往来

那次拜访施老，还谈到了香港、《香港文学》和刘以鬯、戴望舒，事后我写了一篇《近访施蛰存教授》，经刘以鬯先生之手发表在1991年《香港文学》2月号上。当我提到施老的散文集《待旦录》，他马上证实："这本书是刘以鬯先生主持的怀正文化出版社于1948年出版的。"我趁机向他打听当年刘先生在上海位于忆定盘路（今江苏路）559弄的故居究竟是在进弄堂的右侧还是左侧，房子是二层楼还是三层楼。他明确告诉我："我去过的。是进弄堂的右手，三层楼的房子。"据此，我不久之后替刘以鬯先生找到了他离沪前的故居——当年他创办的怀正文化社的原址，并拍了许多照片寄给刘先生。不久就收到了他的亲笔回信和他在香港三联书店新出的《刘以鬯卷》，扉页上有他亲笔签名落款。他在《香港文学》1991年5月号（77期）上刊发了拙作《为了"拆除"的纪念——怀正文化社旧址寻访记》，

同时配上了我寻访时在刘家故居前的留影及当时拍摄的旧居照片,并致信告知施先生。施先生读了拙文,写信给刘先生:

以鬯仁兄:

久未奉候,想起居安吉。

《香港文学》每期拜领,每期都有大陆文史资料的文章,颇受此间人士重视。我这里常有人来借阅,不知是否可以在北京、上海、成都、广州等处设几个分销点,用以货易货办法解决经济问题?

……

钱虹文已看过,知兄故居犹在,不知兄是否有意收复失土?近年来,私房发还,对港美华人产业优先落实,兄故居是否有可能收回?要不要我介绍一个律师办理此事?

……

匆匆便请文安

施蛰存

过了一年左右时间,刘以鬯先生又收到施老的信,再次提到他在上海的旧居:"江苏路正在扩展,将改为五车大道,……足下房屋,是否有权可以收回,如可能务必从速办好手续。……兄万不可拖延下去,到明年,兄必无法收回了。以此奉告。请注意。"刘以鬯先生收到施老的信后,"曾搭机返沪,向当局申请发还旧居,虽有土地权状等证件,却没有达到目的。纵然如此,我还是非常感谢施蛰存兄的好意"(《忆施蛰存》)。

刘以鬯先生于2018年6月8日以百岁高龄在香港逝世。施蛰存先生是2003年11月19日以九十九岁高龄在上海仙逝的。这两位相识相知、私交甚笃的文坛"人瑞",终于可以在天堂相聚、笑唔了。

与晚年的施先生十年"笔谈"

二十世纪九十年代后,我多次做了施先生家的不速之客。晚年的他,耳聋得越来越厉害。到九十年代中期,他的耳朵就完全失聪,再先进的助听器也无济于事了。我去看他时,他笑着说:"我的耳朵报废了,但眼睛还可以看书看报,你以后有什么问题,用笔写下来给我看。"从此,我就只能跟他"笔谈"了。不,确切地说,是我用笔提问,他看后响亮作答。一直到2002年,即他去世的前一年,我都是这样跟他交谈的。

晚年的施老,耳朵虽然不灵,但中气十足,声音洪亮,才思敏捷,笔耕不辍。做不到耳听六路,他却能眼观八方(每天看书看报),脑筋清爽,比如他患直肠癌之所以发现得早,是因为他看了报纸上登出的有关肠道症状的科普文章,然后主动去医院检查。他告诉我:"生癌其实没什么好怕的,人勿适宜(不舒服)不能拖延。发现得早,开刀切掉就没关系。你看我现在除了出门不太方便,其余一切如常,照样看书写文章。"施老的豁达乐观、睿智明理,于此可见一斑。

现在想起来,我跟施老的"笔谈"内容广泛,东拉西扯中有许多灼灼真言。比如,有一次提到丁玲,他说:"她复出后写信给我称我'蛰存同学',我回复她'丁玲同学'。二十年代我们都是上海大学的学生,不过那时她不怎么说话,和别人交谈很少,进进出出总是和王剑虹一起。王剑虹和我们也是同学,但比我们高一届,她是瞿秋白的妻子,不久因肺病去世。胡也频牺牲后丁玲做了'左联'的党组书记,编《北斗》等杂志。1933年她被国民党秘密逮捕,押往南京软禁,当时我们不知道,还在上海的报纸上发表了悼念丁玲的文章。"又有一次提起湘西作家沈从文,我提及巴金晚年写的一篇很感人的散文《怀念从文》,问他是否看过,他点头道:"巴金复出以来,一直说要说真话,我不相信,他很久以来说了很多假话,这个没办法的,人在场面上,形势所迫。直到看了他写的《怀念从文》,我才相信了,他说的是真话。"施老与巴老年纪相仿,都是三十年代成名的著名作家,彼此心有灵犀。施老直到晚年,几乎足不出户,但洞若观火、明察秋毫的思想判断力仍一如既往。敏感直率,实话实说,施老从来没变过。

我本科毕业后师从钱谷融先生攻读中国现代文学研究生,对研究现代文学有兴趣。跟施先生熟稔了,曾经很冒昧地问起当年他与鲁迅交恶的原委。他说这其实是彼此误会造成的。"我一直很尊敬鲁迅先生,二十年代末就与他时有往来。我主持出版'科学的艺术论丛',介绍马克思主义文艺理论,鲁迅先生曾全力支持。丛书出了12本,鲁迅一人就承担了4本。我1932年主编《现代》月刊,在第2卷第6期上发表了他的散文名篇《为了忘却的记念》,在当时还是冒一点风险的。"据说,胡乔木曾说过:"施先生在《现代》上发表这篇文章,比在党的刊物上发表,它的作用要大得多。"至于后来与鲁迅发生论争,是他始料不及的。

1933年9月,施先生收到上海《大晚报》的编辑寄来的一份类似问卷调查的表格,要求收件人填写:(1)目前正在读什么书,(2)

什么书可以介绍推荐给青年。他在答复第2项时,填了《庄子》和《文选》,还加了一行说明:"为青年文学修养之助。"寄出去后,他也没特别留意。10月6日《申报·自由谈》上,鲁迅以"丰子余"为笔名发表了杂文《感旧》,文中虽未点名,但语词激烈,指出这是"要以'古雅'立足于天地之间",有"遗少群的风气","且又证实了新式青年的躯壳里,大可以埋伏下'桐城谬种'或'选学妖孽'的喽罗。"施先生看了此文,当时并不知道作者是鲁迅,当即写了《〈庄子〉与〈文选〉》一文,作出申辩和说明。在此文中他还举鲁迅为例,说:"没有经过古文学的修养,鲁迅先生的新文章决不会写到现在那样好。"鲁迅先生误会了,以为施先生带有揶揄嘲讽之意。他接连写了《"感旧"以后》上篇和下篇,再度提出批评。当时血气方刚的施先生又发表《我与文言文》等几篇文章,对此进行答辩,说:"我以为每一个文学者必须要有所借助于他上代的文学",当然也"并不是主张完全摹仿古文学,或因袭古文学"。施先生说,直到今天他也不明白推荐青年读《庄子》《文选》错在哪里。不过,当他得知"丰子余"是鲁迅先生时,曾经想跟他当面解释一下,可是一直没有机会。谁知施老竟因此而顶着"洋场恶少"的骂名蒙冤遭难数十年。谈及此冤,施老说"不值一提。我比鲁迅先生活得长"。他还说,鲁迅虽然脾气大,但还是有雅量的,在出版《准风月谈》时,他把我的《〈庄子〉与〈文选〉》作为附文收在里面了。中国现代文学史上的一桩公案,来龙去脉即如此。

2002年深秋的一个下午,我最后一次去施老家。他即将迈过98岁门槛,按照中国人做九不做十的习俗,我捧着一束鲜花,提前祝贺他老人家百年生辰。进门后见他躺在床上,刚睡醒。师母已于前一年离他而去，家中请了个小保姆照顾他的饮食起居。他看到我手上的鲜花，却想不起我是谁，他叫小保姆拿来纸笔，让我写下名字。我写了，拿给他看，他说："哦，钱虹，认得的。我其实不欢喜做生日的。"他吩咐小保姆扶他坐起来，斜靠在床头枕垫上。他说："如今日夜颠倒，晚上不想困觉，白天倦了就补困。"聊了些闲话。我见他眼睛依旧明亮，讲话口齿也清楚，中气仍然很足，但消瘦了不少，头颈处的皮肤松弛，朝下耷拉。以前看到报上曾说施老的养生秘诀是每天早上吃八粒红枣，就在纸上写："您营养不良，要多吃点，补补营养。"他笑着点头："我欢喜吃红烧肉的。"我写："肉类不易消化，多吃点鱼虾。"他反应相当快："我最欢喜吃大黄鱼，味道鲜来，骨刺又少，不过现在市场上只有小黄鱼，舟山大黄鱼唔没味（没有了）。"他像个孩子一样把手一摊。我又写："肯德基的土豆泥，味道好又好消化。"他答："我欢喜吃肯德基原味鸡块。"聊着聊着，不知怎么又提到了巴金先生。他也听说巴老住在华东医院，身上插了许多管子，他说："我比巴金幸运，我还能自由活动，看书写文章。"

又聊了些闲话，我告别施老，从他家黑黢黢的木楼梯走下来，心里却升起了一盏亮晃晃的明灯。活到老，读到老，写到老，自在到老。这或许正是施蛰存先生长寿的原因。

翌年6月，华东师范大学中文系为施蛰存和徐中玉合做百岁和九十岁寿辰，曾约请"九叶派"诗人王辛笛先生给两位先生写诗祝贺。辛笛先生欣然命笔，在《奉祝蛰存先生期颐健康长寿》中写道："上元灯照北山诗，译海词章寓蛰思。初度期颐春未老，人间共仰谪仙姿。"

施蛰存先生活了99岁。

他虽然离开我们17年了,但作为他教过的学生之一,我始终怀念着这位"谪仙"般的老师。他的音容笑貌,宛在眼前。

2020年2月5—10日写于上海寓所

仙风道骨,春风化雨
——忆许杰先生

许杰先生是我二十世纪七十年代末考取华东师范大学之后最早认识的著名作家,比施蛰存先生还要早一些。他那时已经快 80 岁了,个子不高,却鹤发童颜,穿一身藏青色的中山装,见到人总是笑眯眯的。我于 1978 年初春怀揣华东师范大学的录取通知书,进入丽娃河畔的这所著名大学求学。不久,就在美丽的华东师大校园里见到了这位和蔼可亲的白首老人。他不像徐中玉先生总是步履匆匆,他在校园里不疾不徐,一副闲庭信步的样子,遇到熟人跟他打招呼,他便颔首回应,笑脸相迎。后来才知道,他每天清晨 5 点即起床,去长风公园散步,几乎要走 I 里路。难怪他耄耋之年仍然身健步轻,耳聪目明。

初识名作家

进校第一学期，冉忆桥老师给我们讲授"中国现代文学作品选"课程。冉老师是孔子的学生冉有的后人，冉有是孔子最器重的弟子之一，在孔门中以善于处理政事著名，孔子称其"可使治赋"。冉老师讲课出口成章，我们听得都十分入迷。课间她提及文学研究会会员、乡土文学作家许杰先生，并告诉我们许先生就住在华东师大二村。不久，我在图书馆看到了1935年上海良友图书出版公司出版的《中国新文学大系·小说一集》，其中收有许杰先生的小说《惨雾》《赌徒吉顺》。茅盾先生在该书的《导言》中说"许多面目不同的青年作家在两三年中把'文坛'装点得颇为热闹了"，并提及"也有以憎恶的然而同情的心写了农村的原始性的丑恶（如同许杰）"，我便对这位以表现浙东乡村悲剧见长的名作家更为钦佩了。

许杰先生的中篇小说《惨雾》，发表于1924年《小说月报》，描写相邻的环溪村与玉湖庄农民之间的原始性械斗，使人看到宗族观念与封建宗法制度的纠合及强悍好斗的习俗被利用的惊心动魄的人间惨剧，结构谨严，情节紧凑，人物生动，艺术感染力很强。比如描写那条隔开两个村庄的始农溪："无情的溪水，因为距离它的发源地不远，还带有奔暴的气概，在东冲西决的奔腾，差不多每日都要改换它的故道，践踏我们的田地。现在流到我们的屋下了。"这溪水本就是当地强悍奔暴的原始民风的象征。难怪茅盾先生誉之为"那时候一篇杰出的作品"，"结构很整密"，"全篇的气魄是壮雄的"。还有《赌徒吉顺》。作者敏锐地扣住二十世纪二十年代中国社会迅速半殖民化给浙东农村带来的农民心理和道德观念的变迁，塑造了与鲁迅笔下不同的另一种浙东农民的典型形象和性格，其中还反映了类似柔石的《为奴隶的母亲》中的浙东"典妻"陋习，不过"他的天台县的背景给他带来更多的粗犷的风格"。他还写过《出嫁的前夜》《台下的喜剧》《的笃戏》等乡土小说，都是反映其故乡浙东风土人情的。这些小说，使他成为当时"成绩最多的描写农民生活的作家"。

首招研究生

我们进校后，或许是许杰先生年事已高，他没有给本科生开过课，但他给我们做过一个关于鲁迅的散文诗《野草》的学术讲座，我至今尚有印象。七十年代末，大约是我们大二时，他和钱谷融先生联合招收中国现代文学专业研究生。之所以合招，是因为当时钱谷融先生的职称还只是讲师，不能单独招收研究生。好几位实力较强的同窗跃跃欲试，报名参加考试，结果我们1977级仅录取了2班的王晓明，其余5位都是外校考入的，如许子东、戴光中、曹惠民等，他们6位成了我校这个专业研究生中第一届入学的大师兄。许先生和钱先生名下各有3位研究生，许先生名下的几位年龄相对大一些。当时他已年近八旬，仅招了这一届后就停招了。那一届的几位研究生的学业主要都是钱先生管的。许先生停招后，中国现代文学专业一直由钱先生招收硕士研究生。

1982年初我本科毕业留校后，先是在校图书馆工作了一段时间，后于1983年考上钱谷融先生的研究生，每隔一周便去华东师大二村钱先生家去上专业课。那时，许杰先生和钱先生指导的第一届研究生已经毕业。许先生待人宽厚仁爱,他的研究生曹惠民师兄有一次探家返沪时,丢失了钱包,生活费没有着落,许先生听说后立即取出二百元,解了他的燃眉之急。他的另一位研究生毕业后仍在学校帮许先生整理回忆录。钱先生就对我说,许先生年事已高,你去问问他是否需要帮忙,他如果需要借书,你就帮他跑跑腿。因此,我去过几次许先生家。钱先生还让我给许先生送过两次他新出版的书。其中有一本《文学的魅力》,是我在读研期间认识了山东文艺出版社的编辑郇玉华女士,她非常喜爱钱谷融先生的文章,让我牵线搭桥,向钱先生组稿并出版了包括《论"文学是人学"》《〈雷雨〉人物谈》在内的这本集子。书出版后,钱先生签了名,嘱我送去许先生家,请他指正。

落难数十载

钱先生对许杰先生非常尊重。我曾听他说过,他的那篇论文《论"文学是人学"》,其实是许先生鼓励他写的,并且题目也是许先生改定的。该文50年后获得华东师范大学唯一的"论文原创奖"。1956年,时任华东师范大学中文系主任的许杰先生被派往莫斯科大学讲学,在北京待命时,应邀出席了中共中央宣传部举行的全国宣传工作会议。中宣部部长陆定一代表中共中央做了题为《百花齐放,百家争鸣》的报告。毛泽东主席出席了这次会议。合影时许先生站在毛主席的身后,毛主席还与他握了手。

深受鼓舞的许先生返回上海后,积极发动华东师范大学中文系的师生们行动起来,大鸣大放,迎接文艺界、学术界的春天的到来。

钱谷融先生正是在他的一再鼓励下,于1957年初写出了那篇长达3万字的《论"文学是人学"》的学术论文,并在华东师范大学举行的一场讨论会上宣读了此文。钱先生说,我的文章本来叫作《论文学是人学》,不加引号的,许先生看了以后,加上了引号,说"这样有个挡箭牌"。意思是有引号就成了对作家高尔基原话的引用。这篇文章于1957年5月刊发在上海的《文艺月报》(《上海文学》的前身)上。据说,编辑姚文元(后来的"四人帮"之一)本来很欣赏钱先生的这篇文章,但发表时风向变了,反右开始了,他像契诃夫笔下的变色龙一样,在这篇文章前面加上了"编者按",变成抛出的批判材料了。此后,钱谷融先生受到了猛烈的批判,并为此付出了惨痛的人生代价。而作为中文系主任的许杰教授,则与施蛰存、徐中玉教授等一起,成了上海高教系统的"大右派",在"文化大革命"中更是受尽折磨。直到粉碎"四人帮"后,许杰先生才得以平反,恢复名誉和教授待遇。

八十年代中期,我研究生毕业后,调入华东师范大学中文系现代文学教研室,与许杰先生成了同事。不久,教研室搞活动,年近九旬的他也拄着拐杖来了。教研室同人在一起合影留念,我的影夹里有许杰先生和我们教研室同事唯一的一张老中青合影。当时年轻的我担任教研室秘书,所以又去过许先生家几次。在他家的走廊上,我看到有好几百册新出版的《许杰散文选集》,是因为出版社要作者"包销"的缘故。我曾问过他是什么时候加入"五四"时期最大的新文学社团文学研究会的,他说是1925年,当时在《小说月报》上发表了《惨雾》《赌徒吉顺》等作品,受到茅盾先生的赞许,所以就被"吸收"为文学研究会会员了。

"硬气"台州人

许杰先生是浙江台州人。1901年出生于天台县"清溪落雁"之畔的清溪村的一户贫苦农民之家,靠着刻苦自学,从小学教员而成为著名作家、大学教授和文学评论家,并载入剑桥《世界名人辞典》。他一生从事教育与写作。早年曾在浙江台州、宁海等地中小学任教。他于1927年加入中国共产党。大革命失败后,他遭到逮捕,后经保释出狱。1928年春,他奉命去宁海中学任教导主任。因农民暴动失败,学校被迫解散,他遭到通缉,不得已只好"下南洋"避难。抵达马来西亚后,他在吉隆坡担任华侨《益群日报》总编辑,利用该报副刊《枯岛》和《南洋青年》,宣传中国"五四"以来的新文学运动,团结和培养了一批华侨和本埠的文学青年,并创作了以南洋华侨反帝斗争为题材的小说和散文,被誉为"国语之父"。但因奋笔撰写了上百篇揭露殖民主义罪恶的社论,多次被马来西亚华民政务司传讯,无奈于1929年11月辞职回国。此后,他一直辗转执教于各地,如中山大学、安徽大学、暨南大学、同济大学、复旦大学等校,然后于五十年代初调入新组建的华东师范大学,创建中文系,成为母校中文系首任拓荒元勋,直至1957年被错误地打入另册。七十年代末,许杰先生的错案得到平反。耄耋之年的他,老当益壮,除指导研究生、积极参加各种学术活动外,勤奋笔耕不辍,陆续出版了《许杰散文选集》《许杰短篇小说选集》和研究鲁迅散文诗的《〈野草〉诠释》。1983年,长篇文学回忆录《坎坷道路上的足迹》开始在《新文学史料》上连载。1990年初,90岁高龄的许杰先生又出版了《许杰文学论文集》。

许杰先生待人宽厚,和蔼慈祥,在我的记忆里,他也有台州人"硬气"的时候。一次是八十年代中期,我听教研室其他老师说他有个女儿尚在农村插队,或许是因为在当地成了家,还未能回城。当时许先生作为德高望重的著名作家和教授,完全可以凭借他的崇高威望让女儿回到上海,但年逾八旬的许先生就是不肯向组织开口提要求。当时,在乡下的女儿颇有怨言,许先生坚持认为自己不能做不符合政策的事。过了很久,他的女儿才落实政策上调回城。另一次就是八十年代末与他聊天时,无意中提到我的导师钱谷融先生的那篇《论"文学是人学"》,他跟我说:"你的老师很有才气,文章漂亮,那篇理论文章写得很好,具有正确性和针对性。当年批判他时我这样认为,直到现在我还是这样认为的,几十年观点不变。"这同后来钱先生跟我说的话几乎异曲同工,他说自己被批判多年,做了38年的讲师,但从没后悔过,"因为我相信我的观点没有错"。看来这两位外表随和慈祥的先生,骨子里都有一种"粉骨碎身全不怕,要留清白在人间"的文人的执着和硬气。

许杰先生因突发脑溢血,于1993年9月25日在上海逝世,享年93岁。凑巧的是,"五四"女作家庐隐小说《海滨故人》中的原型之一、华东师范大学中文系原副系主任程俊英教授,也以93岁高龄几乎与许先生同时离世。10月5日,两位前辈的追悼会在龙华殡仪馆举行。我去参加了他们的追悼会。追悼会上垂着一副挽联:"宠辱不惊,看庭前花开花落;去留无意,望天空云卷云舒。"我想,这副挽联送给许杰先生,是再合适不过了。

2020年2月18日写于上海

跋

在电脑上打完这部书稿的最后一个字,我百感交集。

虽然我从大学时代起课余就开始写散文,自二十世纪七十年代末至今,已在国内外各种报刊上发表了数百篇散文,却从未想过要出版散文集。对于像我这样一个在高等院校里执教近40年的大学教授而言,除教书育人外,发表学术论文、出版研究论著,以及申请各种社科基金课题,这才是"命根子"一样至关重要的研究成果,是通过年终考核的硬指标。而写散文纯属兴趣爱好。当年钱谷融先生、徐中玉先生介绍我先后加入上海市作家协会和中国作家协会,我一直分在理论组,我有几部理论著作和300余篇学术论文在那儿摆着。我从没想过要转入散文组,虽然我写散文其实比写论文更早,但自觉底气不足。

记得当年拿到的第一笔稿费是人民币6元整。那是1979年,我还是华东师范大学中文系的大二女生,在《上海文学》杂志上发表了一篇《对小说〈阴影〉的一点意见》的小文章。其实原文写得还不算短,但发表时被编辑删去不少,所以成了千字文。当初也是年少气盛,信笔涂鸦,从不留底稿,后来几次想把原稿的意思重新写一遍,以便把这篇处女作收到个人作品集中去,却早已想不起来原稿究竟写了些什么。但那回收到稿费的情景还历历在目。班上的同学知道我拿了笔稿费,便要我请客。于是,我就拿着从邮局用汇款单换来的 6 元钱,到华东师范大学中山北路校门口对面的一爿冷饮店,买了 20 多块光明牌简装冰砖请班上的男女同学吃,花去 4 元多。那时的东西真是便宜,那么一块分量十足、奶香诱人的长方形冰砖,只要 1 角 9 分钱。每个吃到冰砖的同学都很高兴,我当然也就更高兴了:一是文章虽然被删去不少但毕竟变成了铅字;二是大家都因此吃到了又香又甜的冰砖,皆大欢喜。

然而此后文章虽然写得也不算少,但为了安身立命主攻学术研究方向。不过我发表散文也有几个黄金时期,尤其是二十世纪八九十年代在香港中文大学、香港岭南学院(后来香港岭南学院改为岭南大学,搬去屯门了——笔者注)等做访问学者、客座教授期间,做研究之余,作为精神调剂,就写了几十篇散文。写散文小品不比写学术论文要言必有据,论点、论据和论证缺一不可,写散文比较随意。正如陆机《文赋》所言,"精骛八极,心游万仞","观古今于须臾,抚四海于一瞬"。我把我的观察、感想、情愫和思念等,浓缩在我的散文中。承蒙《香港文学》主编刘以鬯先生、香港《文汇报》副刊编辑黄贵文先生、香港《星岛日报》书局街版编辑陈惠英女士、香港《联合报》文化世界版主编薛兴国先生等"伯乐"的鼓励和错爱,这些长长短短的几十篇散文都得以发表。可惜的是,我随写随弃,现在要找齐发表拙作的这些报纸刊物,恐怕也非易事。此后,我在《上海文学》《天津文学》《海峡》《青春》《散文选刊》《台港文学选刊》《家庭教育》和《文汇报》《解放日报》《新民晚报》《文艺报》等报刊上也发表过百来篇散文,有的还获得过各种散文奖,如《电脑先生》《翠鸟的故事》《电视扫盲》等,其中《翠鸟的故事》1999年还被选入《上海50年文学创作丛书·散文卷》。不过,犹如词对于诗而言,被称为"诗余""长短句"一样,散文于我,也还只是课余、撰写论文之余的随手涂鸦,有空就写一点,没空就搁笔,毫无定性。如此而言,这本散文集《雅人韵士》的出版,对于我就有了十分重要的意义

让我百感交集的另一个原因是,我是在一个非常时期"逼"着自己振作起来完成这部散文集的。它成了自我救赎的挪亚方舟。2019年11月16日我应宁波市作家协会副主席,也是我的同事任茹文女士之邀请,赴宁波出席"刘以鬯先生作品分享会"。会议期间巧遇宁波出版社总编辑袁志坚先生。他跟我约一部学人散文集。我虽然答应了,但其实我对何时能交稿心里没底。因为接着要出席温州大学的张翎、陈河作品研讨会和澳门、深圳两地的"第七届世界华文旅游文学国际学术研讨会",两个研讨会结束就到了学期末的复习考试阶段。等批完试卷,登完成绩,已进入2020年1月中旬的寒假。回家后赶写完一篇书评,准备过年了。可是谁也料不到,一场关乎人类生死存亡的"战争"悄悄打响了。自小年夜那天得知武汉"封城"的消息,每天都揪着心。武汉"封城"的消息,犹如突然冒出来的撒旦,一夜之间,一切全都改变了。最明显的,大年夜那天在婆婆家吃完年夜饭,我戴着口罩,乘坐地铁回家。原本水泄不通的地铁车厢,变得空

空荡荡,犹如电影《流浪地球》的真实版。我打了个寒噤,忽然感到一种莫名的孤独和恐惧。

然后,就是看新闻,先是大年夜上海派出医护人员支援武汉,接着是江苏、浙江、山东等17个省派出医疗队支援湖北;之后是第二批、第三批……大敌当前,这些白衣天使成了新冠肺炎肆虐时期真的勇士,他们是我们中华民族的脊梁。他们用自己的血肉之躯,在肆虐的疫情中筑起了一道守护民众生命安危的新的长城。这是一场突如其来的病魔的偷袭,这是一场没有硝烟的无声的战争。我们没有退路,中国没有退路。鲁迅先生说过:"无穷的远方,无数的人们,都和我有关。"每天,疾控中心公布出来的新增病例、确诊病例、疑似病例、死亡病例,每增加一个数字,都重重地压在心口,这哪是冷冰冰的数字,分明是活生生的人啊!

武汉成了全国乃至世界注目的焦点。疫情笼罩下的江城的角落,也让我们看到了世间众生相:率真与虚假、善良与恶意、美丽与丑陋、勇敢与怯懦、实话与谎言、大公与自私、敬业与渎职、无畏与无知……疫情犹如一面照妖镜,是神是鬼,无可遁形;人心犹如一杆天平秤,是英雄是混蛋,立见分晓。那天深更半夜,得知"吹哨人"李文亮医生离去的噩耗,辗转床榻,彻夜难眠。直到看到武汉文友的微博《生活那么艰难,但办法还是有的》:"尽管疫情依然严峻,但是局面明显好转",一颗心才稍稍放宽。疫情依然严峻,各方都在努力,城市严防死守,乡村众志成城,同保一方平安。多少可歌可泣的人和事,看在眼里,每天都心生感动,眼眶湿润。

日日泪奔、忧心如焚的后果是心情抑郁,心绪不宁。我不能这么沮丧下去。我想起了答应袁总编的散文集。虽然做不到司马迁所言"常思奋不顾身,而殉国家之急",但响应政府号召,不添乱、少出门还是做得到的。"闷"在家里,打开电脑,码字写作,平复心情。写了散文《每个人都不是孤岛》,发表于《新民晚报》。然后写回忆施蛰存先生、许杰先生、刘以鬯先生等的记叙性散文。最后着手编选这本散文集。

这是我的第一本散文结集。所选大都是近年来在教书、学术研究之余,陆续写下的记叙散文。其中绝大多数都曾为各种报刊刊载过。本集分为"同道中人""名人忆旧"和"师恩难忘"三辑。"同道中人"多为笔者对多年来相知相熟的世界华文文学领域的著名作家的印象与侧记,如卢新华、严歌苓、张翎、陈若曦、尤今等,凸显其作品与文字背后的故事与魅力。"名人忆旧"收入笔者与文坛名宿,如巴金、贾植芳、余光中、刘以鬯等人的接触或交往故事。"师恩难忘"所收则为怀念或回忆笔者在华东师范大学就读期间几位授业恩师的文章。

感谢宁波出版社总编袁志坚先生,没有他的力邀,我不会想到要出版这本散文集。感谢同济大学校友、宁波出版社的午歌先生,还有总编助理徐飞先生、责编陈姣姣女士,没有他们的努力,这本小书也难以问世。在此一并致以诚挚的感谢!

钱虹

2020 年 2 月 28 日